Christine Nöstlinger

Olfi Obermeier und der Ödipus

Eine Familiengeschichte

Verlag Friedrich Oetinger · Hamburg

Schutzumschlag von Erhard Dietl
Gesamtherstellung: Mohndruck Graphische Betriebe GmbH, Gütersloh
Printed in Germany 1985

ISBN 3-7891-2068-5

Inhalt

1. Kapitel

in dem ich ein brauchbares Argument finde, mit dem ich einen siebenstimmigen Klagechor vorübergehend zum Verstummen bringe.

Vor etlichen Wochen, Mitte März ungefähr, blätterte ich während der Mathe-Stunde in der Zeitschrift »psycho-akut«, die der Axel, mein Pultnachbar, abonniert hat, weil er der gesamten Menschheit und ihrem sonderbaren Verhalten auf die Schliche kommen möchte. Auf der vorletzten Seite der Zeitschrift unter der Rubrik »Forschungsergebnisse kurzgefaßt« entdeckte ich eine Meldung, die mich, aus Interesse an ihr, einen derart schrillen Pfiff ausstoßen ließ, daß dem Mathe-Suserl vor Schreck das Tafeldreieck ins Rutschen kam, und die Linie b keine Parallele zu klein-a wurde, sondern mit dieser einen Winkel von annähernd dreißig Grad einging. Das Mathe-Suserl drehte sich zur Klasse und rief empört: »Wer war das, bitte?«
Ansonsten bin ich absolut keine Bekennernatur. Nur weil mich die psycho-akut-Meldung noch immer heftig beschäftigte, hob ich die Hand, fügte jedoch schnell hinzu: »Aber das war nicht absichtlich, bitte. Ich habe bloß Luft geholt. Wieso das so gepfiffen hat, ist mir ein Rätsel!«
Unser Mathe-Suserl ist nicht daran gewöhnt, auf Wer-war-das-Fragen Antworten zu bekommen; positive schon gar nicht. Das Suserl schaute mich erstaunt an, schüttelte das rothaarige Haupt, murmelte Unverständliches und drehte sich wieder zur Tafel und wischte –

weil wir kein Tafeltuch in der Klasse haben – mit einem Arbeitsmantelärmel die zum Winkelschenkel verrutschte Parallele weg, und ich fragte leise den Axel, ob ich die »Forschungsergebnisse-kurzgefaßt«-Seite aus der Zeitschrift reißen dürfe. Der Axel erlaubte es mir natürlich nicht. Er ist nämlich eine unerhört kleinkarierte und besitzfixierte Person! Borgt man sich von ihm ein Papiertaschentuch, rückt er es nur unter Protest heraus und will am nächsten Tag eines zurück haben. Spaßhalber habe ich mir voriges Schuljahr jeden Tag ein oder zwei Schneuzquadrate von ihm geschnorrt. Und nie habe ich ihm welche zurückerstattet. Von Woche zu Woche ist der Axel dringlicher und dränglicher geworden! »Ich krieg sieben Taschentücher von dir!« Und: »Ich krieg jetzt schon vierzehn Taschentücher von dir!« Und: »Du, jetzt schuldest du mir schon dreiunddreißig Taschentücher!« Es ist ihm nicht zu blöd geworden! Zu Schulschluß war er dann bei einer Forderung von zweihundertachtundvierzig Schneuzquadraten, und wie ich ihm grinsend eine Rolle Küchenkrepp überreicht und gesagt habe, daß die – auf Quadratmeter gerechnet – leicht für meine Schuld reicht, hat er mir ganz verzweifelt wütend vor die Füße gespuckt. Warum er sich heuer im Herbst trotzdem wieder neben mich gesetzt hat, ist mir ein Rätsel.

Weil mir der Axel die Zeitungsseite also nicht abgab, ließ ich sie in der großen Pause vom Schulwart kopieren. Damit ich für die Kopiererbenutzung nichts zahlen mußte, sagte ich dem Schulwart, die Dr. Naderer, unsere Deutsch-Lehrerin, habe mich mit dem Wisch geschickt. Der Schulwart machte dreißig Abzüge von der Zeitungsseite, da er annahm, die Dr. Naderer brauche sie als »Klassenlektüre«.

Die Meldung, die mir so viel Aufwand wert war, lautete:

NEW YORK/USA
Das amerikanische Psychologenehepaar Dr. Marga und Dr. Dr. Hiob Goldman haben in einer großangelegten Studie an 3000 Versuchspersonen bewiesen, daß Kinder, die ausschließlich von männlichen Personen betreut und erzogen werden, einen wesentlich höheren Intelligenzquotienten aufweisen als Kinder, die von Frauen betreut und erzogen werden.

Diese Meldung fand ich deswegen wichtig für mich, weil ich gerade in einer Krise war. Besser gesagt: Alle erwachsenen Wappler um mich herum machten mir eine Krise. Primär war das eine Latein-Mathe-Englisch-Krise. Sekundär entstand dadurch eine häusliche Klage-Keif-Droh-Bitt-Krise. Und erst tertiär fühlte ich mich deswegen tierisch mies. Vordergründig rührte mein Miessein natürlich daher, daß ich seit Monaten keine Erfolgserlebnisse mehr aufweisen konnte, aber besinne ich die Sache tiefer, muß ich zugeben, daß mich meine Erfolglosigkeit auf dem schulischen Sektor überhaupt nicht störte. Ich war gar nicht happig auf Erfolgserlebnisse! Mir waren meine Noten so scheißegal, daß ich mich bei der letzten Latein-Arbeit nicht einmal nach dem Schwindelzettel gebückt habe, den mir die Anette zugeworfen hatte.
Am liebsten hätte ich mir einen langen, weißen Bart wachsen lassen – nur leider habe ich noch keinen Bartwuchs – und mich in ein Altersheim eingeschmuggelt. Dort im Lehnstuhl zu sitzen, mit geschlossenen Augen und über dem Bauch gefalteten Zitterhänden, ganz ohne Besuch und Zuspruch, nur so vor mich hindösen und

dämmern, und dreimal am Tag vom Pfleger ein Supperl, das war mein Traumziel! Nach mehr sehnte ich mich nicht! Und größeren Anforderungen fühlte ich mich auch nicht gewachsen.
Da ich aber keine Ahnung hatte, wie sich ein vierzehnjähriger Knabe in ein Altersheim einkaufen soll, versuchte ich meine Krise mit der kopierten Meldung wenigstens etwas zu mildern. Am Nachmittag umrandete ich die Botschaft aus NEW YORK/USA auf allen dreißig Kopien dick mit rotem Filzschreiber. Dann heftete ich drei der Zettel mit Reißzwecken an verschiedene Kasteltüren unserer Einbauküche. Einen klebte ich an den Dielenspiegel, einen an die Tür vom unteren Klo, einen an den Spülkasten vom oberen Klo, einen an die Kacheln vom unteren Bad, einen an den Allibert vom oberen Bad. Je einen legte ich auf die Betten der Mama, der Oma, der Tante Fee, der Tante Truderl, der Tante Lieserl, der Andrea und der Doris. Die restlichen fünfzehn Stück fixierte ich mit Tixoband – um die Tapete nicht zu beschädigen, weil die ist neu – im Wohnzimmer an den freien Wandstücken.
Tante Fee humpelte während der Zettelverteilerei hinter mir her und fragte andauernd: »Olfile, was tust denn da? Olfile, was steht denn da drauf? Olfile, was hast denn da rot eingerandelt?«
Tante Fee ist die Schwester meiner Oma, meine Großtante also. Sie ist siebzig vorüber und humpelt seit einem Fahrradunfall vor sechzig Jahren. Deswegen haben meine Schwestern, die Doris, die Andrea, und ich nie ein Fahrrad bekommen; damit wir nicht auch humpelnd durch ein langes Leben keuchen müssen.
»Fee, lies es! Dann weißt es!« sagte ich freundlich zu Tante Fee. Aber Tante Fee liest nicht! Man muß ihr alles

vorlesen. Früher einmal, bevor es noch Fernseher gegeben hat, hat sie wenigstens die Schlagzeilen in der Zeitung gelesen, sagt die Mama. Aber seit wir TV haben, schaut sie keinen Buchstaben mehr an. Doris meint, Tante Fee habe das Lesen garantiert schon verlernt.

Ich hatte keine Lust, Tante Fee meine Meldung vorzulesen, denn von allen, mit denen ich zusammen eine Familie bin, betraf sie die Sache am wenigsten, weil sie mich relativ ungeschoren läßt; zumindest was Schulangelegenheiten betrifft.

»Ist nicht weiter wichtig, Fee«, murmelte ich bloß und ging in mein Zimmer. Sie humpelte hinter mir her und rief:

»Aber Olfile, wenn's nicht wichtig ist, warum nagelst du es dann auf?«

Ich machte ihr die Tür vor der Nase zu, legte einen Konstantin Wecker auf den Plattenteller und mich aufs Bett. Daß Tante Fee in mein Zimmer eindringen könnte – um weiter zu fragen –, war nicht anzunehmen. An meiner Zimmertür hängt ein altes Blechschild, darauf steht: EINTRITT FÜR UNBEFUGTE VERBOTEN! Tante Fee ist die einzige in unserer Familie, die sich für »unbefugt« hält.

Übrigens heiße ich natürlich nicht »Olfile«. Auch nicht »Olf« oder »Olfilein«. Und »Olfgangi« – wie meine Oma sagt – schon gar nicht. Ich heiße Wolfgang. Als ich noch ein winziger Knirps war, konnte ich kein »W« sagen, und wenn mich jemand nach meinem Namen fragte, sagte ich angeblich »Olfgang«. Das verzückte meine diversen Betreuerinnen dermaßen, daß sie dazu übergingen, mich auch »Olfgang« zu rufen oder »Olfi« oder »Olfgangi«. Kein Wunder also, wenn ich das W-sagen erst ziemlich spät erlernt habe!

Ich blieb den ganzen Nachmittag auf dem Bett liegen und erhob mich bloß in fünfundzwanzig-Minuten-Abständen, um den Tonarm wieder am äußeren Plattenrand aufzulegen. Ich spiele oft eine Plattenseite stundenlang. Aber nur am Nachmittag, wenn außer mir und Tante Fee niemand zu Hause ist. Tante Fee hat Schweinsohren und nimmt Musik, auch sehr laute, überhaupt nicht wahr. Alle anderen regen sich auf. Sie kommen dann und schreien und protestieren und sagen, daß sie wahnsinnig werden, wenn sie ewig die sechs gleichen Songs hören müssen, und fordern, daß ich Kopfhörer aufsetze oder den Plattenspieler leiser drehe. Womit klar bewiesen ist, daß sie kein feeling für Musik haben. Musik muß wummern! Musik muß so laut wummern, daß alles im Raum voll ist von ihr, daß man richtig in ihr drinnen liegt und in ihr untertauchen kann, so, als wäre man ein Fisch und die Musik das Wasser! Aber durch die Kopfhörer, so laut man den Ton auch stellt, geht das nicht, weil der Stereoeffekt durch die Dinger nicht richtig hinhaut; für mich jedenfalls nicht.
Es dämmerte bereits, als die Mama meine Zimmertür aufriß. Sie marschierte zum Plattenspieler, stellte ihn ab, wachelte mit einer der kopierten Seiten vor meinem Gesicht herum und fragte:
»He, Olfi! Warum klebst du das Zeug quer durch das ganze Haus?«
Am liebsten hätte ich der Mama gar keine Antwort gegeben, weil ich es hasse, wenn jemand so selbstherrlich agiert, und ohne anzuklopfen ein Zimmer betritt und ohne zu fragen eine Powertaste drückt. Aber ich überwand im Interesse meiner Aktion meinen Grimm, rappelte mich ein bißchen hoch und sagte:
»Das rotumrandete mußt du lesen!«

»Hab ich ja!« sagte meine Mama. »So ein Wiffzack, daß ich das merke, bin ich schließlich!«
»Es ist die Erklärung für meine Krise«, sagte ich und legte mich wieder der Länge nach hin. »Nicht allzuviel Grips in den Genen und dann noch ausschließlich von Frauen betreut und erzogen!« Ich schloß die Augen und zählte auf: »Ein Stück Oma, ein Stück Großtante, zwei Stück Tanten, ein Stück Mutter, zwei Stück große Schwestern!« Ich seufzte: »Siebenmal verblödet bin ich worden!« Ich gähnte: »Und nicht einmal zu den hohen Feiertagen ein Stück Mann im Haus, der mich hätt ein Fuzerl fördern können!« Ich faltete die Hände über der Brust. Richtig sargfertig lag ich da.
»Meinst du das im Ernst, Olfi?« fragte meine Mama.
Ich gab ihr keine Antwort. Ich nickte nicht einmal. Manchmal – das finde ich zumindest – beeindruckt stummes Schweigen viel mehr als beredtes Argumentieren.
Meine Mutter schien tatsächlich beeindruckt zu sein. Sie schnaufte nämlich. Und das tut sie immer, wenn sie ratlos und verwirrt ist. Ob sie sich mit dem Zeigefinger den Nasenrücken ribbelte – was sie im Falle großer Ratlosigkeit und Verwirrung auch gern tut –, konnte ich nicht sehen, aber ich wette zehn gegen eins, daß sie sich die Nase rotribbelte, während sie ihren sargfertigen Sohn betrachtete. Dann, nach etlicher Zeit, wo nur das Schnaufen zu hören war, sagte die Mama:
»Also anscheinend meinst du es tatsächlich ernst, Olfi!«
Ich überlegte, ob ich weiter Leiche spielen oder reden solle, doch noch bevor ich zu einem Entschluß gekommen war, waren Schritte zu hören. Schritte von mehreren Personen aus mehreren Richtungen auf mein Zimmer zu. Eine der Personen war meine Schwester Doris,

denn näherkommend hörte ich ihre schrille Stimme kreischen:
»Wer zum Kuckuck plakatiert denn da überall diesen Mist?«
Humpelschritte näherten sich auch, und die Tante Fee sagte:
»Das war das Olfile! Aber er hat mir nicht gesagt, warum er es tut!«
Und dann war ein echtes Getrampel in meinem Zimmer, und meine Schwester Andrea fragte:
»Was ist mit ihm? Hat er einen Schub? Oder ist er in einer manischen Phase?« Meine Schwester Andrea hält mich nämlich für verrückt.
Und die Tante Truderl sagte:
»Ich glaube, er hat Migräne!« Die Tante Truderl hält Migräne für eine Familienseuche, und weil sie die einzige bei uns ist, die unter dieser Kopfwehkrankheit leidet, will sie jedem von uns bei jeder einsetzenden Übelkeit zuerst einmal Migräne attestieren.
Und die Oma sagte:
»Egal was er hat, er soll die Schuhe ausziehen, bevor er sich auf das Bett legt! Olfgangi, zieh deine Latschen aus!« Meine Oma ist nämlich für peinlichste Sauberkeit und hat einen ausgesprochenen Hygienefimmel.
Und die Tante Lieserl zischelte wispernd:
»Vielleicht meditiert der Olferle?« Die Tante Lieserl ist Expertin für fernöstliche Religionen, an die sie abwechselnd glaubt. Sie versorgt mich regelmäßig mit »Einführungsschriften« in irgendwelche »Heilslehren«.
Dann sagte meine Mutter:
»Nichts dergleichen! Er fühlt sich bloß um die ihm zustehende Intelligenz betrogen, weil er von Frauen erzogen worden ist!«

Dieser Erklärung folgte ein sechsstimmiges Geschnatter und Gekreisch. Wer was schnatterte und kreischte, war nicht recht zu verstehen, weil Tante Fee andauernd in Fußballstadionlautstärke »O Gotterl, o Gotterl, o Gotterl« zeterte. Außerdem wurde meine Aufmerksamkeit dadurch abgelenkt, daß ich jemanden an meinen Füßen herumfummeln spürte. Ich riskierte ein einäugiges Blinzeln fußwärts und sah, daß sich die Oma an meinen Schuhbandeln zu schaffen machte. Das war nun wahrlich das Allerletzte! Ich demonstriere beeindruckend meine Krise, und die alte Schachtel will mir die Tennisschuhe ausziehen, damit die Bettdecke nicht dreckig wird!

Ich brüllte los! Losbrüllen ist immer mein letzter Ausweg und absolut wirksam. Seit ich auf der Welt bin, praktiziere ich das mit gutem Erfolg. Ich reiße einfach das Maul auf und starte einen »Urschrei« von derart gewaltiger Lautstärke, daß die Wände wackeln und die Lüster beben. Früher, als ich noch ein Kleinkind war, haben sie allerhand gegen mein Wahnsinnsgebrüll versucht: Kalt waschen, streicheln, Ohrfeigen geben, zurückbrüllen, mit Verachtung strafen, meine Schwestern haben mir sogar einmal den Mund mit Leukoplast verklebt, aber ich bin immer Sieger geblieben! Mit den Jahren haben sie eingesehen, daß sie gegen meinen »Urschrei« machtlos sind und ihn nur steigern und verlängern, wenn sie irgendwelche Aktivitäten setzen.

Sie sahen es auch diesmal ein!

Das Geschnatter und Gekreisch verstummte schlagartig, die Oma ließ von meinen Schuhbandeln ab, in kaum zehn Sekunden war meine Bude geräumt. Ich konnte den Urschrei ausklingen lassen. Viel länger hätte ich ihn, liegend, sowieso nicht durchgehalten, denn wirklich gut brüllt es sich nur im Stehen. Da kann man sich vorher viel besser mit Luft vollpumpen.

An diesem Tag belästigte mich niemand mehr. Nicht einmal, als ich beim Nachtmahlbrotschmieren in der Küche auf Tante Lieserl und Tante Truderl traf, versuchten die beiden eine Diskussion mit mir; dabei wollen sie sonst immer alles »ausdiskutieren«.
Auf meine Mutter traf ich nur spätabends im Badezimmer. Aber da war sie beim Zähneputzen und dadurch keines Wortes fähig. Der Blick allerdings, den sie mir via Spiegel zuwarf, war ein waidwunder.
Meine Schwestern waren ins Kino gegangen und die Oma zu ihrer Dienstag-Bridgerunde. Tante Fee schaute wie jeden Abend fern.
So einen artigen Tagesausklang hatte ich schon lange nicht mehr gehabt. Kein: »Olfi, hast du heute ordentlich gelernt?« Kein: »Olferle, du machst uns große Sorgen, wenn das so weitergeht mit dir und der Schule!« Auch kein: »Also Olfgangi, ich schau nicht länger zu, wie du deiner Mami das Leben schwermachst!«
Die »Forschungsergebnisse-kurzgefaßt«-Meldung hatte voll eingeschlagen!
Nur Tante Fee klopfte kurz vor Mitternacht, da lag ich bereits ausgezogen im Bett, an meine Tür und streckte, als ich mürrisch »Was ist?« rief, ihren Kopf zur Tür herein und sprach:
»Ich wollt dir nur sagen, Olfile, mein Vater hat uns drei Schwestern jede Woche einmal durchgeprügelt! Mit dem Teppichklopfer. Auf den Hintern und die Wadeln! Ob man davon besonders gescheit wird, wage ich zu bezweifeln!«
Dann verschwand der gute, alte Tantenkopf wieder so

hurtig, wie der Kuckuck nach geschlagener Stunde in der Schwarzwälderuhr. Ob Tante Fee gar nichts mehr hatte sagen wollen oder ob sie der Anblick meines hüllenlosen, von der Bettdecke befreiten Knabenleibes in die Flucht geschlagen hatte, bleibt ungewiß.

Am nächsten Morgen taten alle, als sei überhaupt nichts vorgefallen. Und kein einziger meiner schönen, kopierten Zettel war mehr zu sehen.

Wie jeden Tag verließen zuerst die Mama und die Tante Lieserl das Haus. Die Mama nimmt die Tante Lieserl immer im Auto mit, weil die Tante Lieserl kein Auto hat. Fünf Minuten später rauschten meine Schwestern mit der Tante Truderl ab. Sie fahren nur im Auto der Tante Truderl, weil das viel schicker ist als der Mama ihr R5. Dann suchte die Oma noch – wie jeden Morgen – ein paar Minuten hektisch nach ihren Autoschlüsseln und ihrer Fernsichtbrille und keifte dabei auf Tante Fee los, da sie der Ansicht war, Tante Fee habe die Brille und die Schlüssel vom Bauerntisch in der Diele weggetan. Und mich ermahnte die Oma zwischendurch, ja nicht länger herumzutrödeln, sondern zielstrebig meinen Abmarsch Richtung Schule anzupeilen.

Als auch die Oma endlich aus dem Haus war, durchforschte ich alle Papierkörbe und den Küchenabfalleimer nach meinen kopierten Seiten. Bis auf zwei Stück fand ich sie, zerknittert, verdreckt und fettgefleckt, und plakatierte sie aufs neue. Und Tante Fee humpelte wieder hinter mir her und bat, ich möge die Aktion bleiben lassen. Besonders protestierte sie gegen die Zettel, die ich aus dem Küchenabfalleimer geholt hatte, weil auf denen Kartoffelschalen und Teeflankerln klebten.

Ich ignorierte Tante Fees Einwände. Ich fand die ramponierten Dinger noch wesentlich eindrucksvoller.

Bevor ich mich endlich – zwei Minuten vor acht Uhr und fünfzehn Minuten zu spät – auf den Schulweg machte, verwarnte ich Tante Fee eindringlich. Ich sagte zu ihr:
»Fee! Daß du mir meine Meldungen ja nicht anrührst! Hörst du? Ich will nicht sehen, daß auch nur einer der Wische weg ist, wenn ich nach Hause komme!«
Tante Fee seufzte und nickte gottergeben.
Beruhigt marschierte ich ab. Auf die alte Fee ist Verlaß! Was die einmal nickend versprochen hat, hält sie auch!

2. Kapitel

das von meiner Beziehung zur Erbswurstsuppe berichtet und meine Familienverhältnisse, wie das in angebrachter Kürze möglich ist, erklärt.

Besonders gute Schulnoten habe ich ja nie gehabt, aber so mies, daß man noch gar nicht sagen konnte, ob ich das Schuljahr schaffen werde, war ich bisher noch nie gewesen; und aufs Sitzenbleiben war ich natürlich echt nicht happig. Wer will schon ein Jahr länger in die Schule wandern? Wer will sich schon an zwei Dutzend neue Kollegen und ein halbes Dutzend neue Lehrer gewöhnen? Kein Schwanz will das!

Aber einen Vorteil wenigstens hätte das Sitzenbleiben gehabt: Ich wäre die Erbswurstsuppe losgewesen!

Die Erbswurstsuppe sitzt hinter mir und heißt Ulli Ullermann. Seit neun Jahren, seit der ersten Klasse, hockt sie hinter mir, doch bis zu den heurigen Semesterferien war mir das völlig Wurscht. Nicht einmal ignoriert habe ich die Erbswurstsuppe, die so genannt wird, weil sie sich auf Skikursen täglich dreimal mit einem Tauchsieder als Zusatznahrung Erbswurstsuppe aufkocht. Bis zu den Semesterferien verschwendete ich keinen einzigen Gedanken an die Person hinter mir, und hätte jemand verlangt, ich solle alle Mädchen meiner Klasse aufzählen, hätte ich höchstwahrscheinlich die Erbswurstsuppe vergessen.

Nun ist es aber so, daß ich in der Klasse zwei »beste Freunde« habe, den Harri und den Florian. Die sitzen am Pult vor mir; auch seit neun Jahren. Wir drei, der

Harri, der Florian und ich, wir haben bisher immer alles gemeinsam unternommen. Die anderen nennen uns deshalb auch »Die drei Unzertrennlichen«. Ende Jänner nun, knapp vor den Semesterferien, auf dem Skikurs, haben sich der Harri und der Florian – aus mir unverständlichen Gründen – plötzlich dazu entschlossen, mit der Anette und der Marion zu »gehen«.
(»Miteinander gehen« ist wohl eins der blödesten Idiome, das ich kenne. Da es bei uns in der Klasse aber alle verwenden, obwohl sie mit ihren Herzensflammen viel eher sitzen, stehen oder liegen, gebrauche ich es halt auch.)
Die Anette und die Marion sind zwei ganz nette Mädchen. An ihnen ist nichts auszusetzen, außer daß sie seit Kindergartenzeiten mit der Erbswurstsuppe intim befreundet sind. Dadurch nun, daß ich und der Harri und der Florian unzertrennlich waren und die Erbswurstsuppe und die Anette und die Marion desgleichen, ergab es sich, daß wir nach dem Skikurs, nach den Semesterferien, immer zu sechst unterwegs waren. Und bald hieß es allgemein in meiner Klasse: »Der Wolfgang geht mit der Erbswurstsuppe!«
Das war unangenehm genug! Doch noch wesentlich unangenehmer war, daß die Erbswurstsuppe – herself – genau der gleichen Ansicht war. Saßen wir nach der Schule in der kleinen Konditorei und legte die Anette eine Hand auf den Arm vom Harri und lehnte die Marion ihr Kopferl an die Schulter vom Florian, patschte die Erbswurstsuppe eine Pfote auf meinen Arm und wummerte ihren Schädel an meine Schulter. Logo hätte ich das abstellen können! Dezent leistete ich ja auch Widerstand. Aber die Erbswurstsuppe ist nicht sensibel und neigt dazu, weil sie ein Spatzenhirn hat, vieles miß-

zudeuten. Sie hielt mich – das weiß ich vom Harri, dem hat es die Anette gesagt – für ungeheuer schüchtern. Natürlich war mir schon damals klar, daß nur der totale Rückzug die Lösung wäre! Aber ich wollte ja mit dem Harri und dem Florian zusammensein, und die waren damals auf ihre Bräute derart versessen, ohne die lief einfach nichts, und ohne die Erbswurstsuppe wiederum traten die beiden Bräute nicht auf.
Gegen Mitte April dann war es schon soweit, daß ich mein Verhältnis zur Erbswurstsuppe irgendwie akzeptierte. Mindestens dreimal hatte ich sie bereits geküßt. Das verpflichtet! Gern hatte ich sie nicht umarmt, aber was hätte ich denn tun sollen? Die Küsserei passierte immer nach dem Kino. Da gingen wir zu sechst – zwei zu zwei zu zwei – durch die Allee nach Hause. Und dann blieben bei einem Akazienbaum der Harri und die Anette stehen und küßten einander, und beim nächsten Akazienbaum machten der Florian und die Marion Rast und taten es dem Harri und der Anette gleich, und die Erbswurstsuppe blieb beim dritten Akazienbaum stehen und schaute mich mit Glupschaugen an. Ich redete hektisch vom Sternenhimmel und davon, wo der Große Bär und der Kleine Wagen stehen, und daß Astronomie und Astrologie nichts miteinander zu tun haben, und die Erbswurstsuppe rückte mir immer enger an den Leib und wollte der gleichen Behandlung unterzogen werden wie die zwei anderen Mädchen unter den Akazienbäumen. Schließlich konnte sie ja nichts dafür, daß ich sie nicht liebte. Und sich ungeliebt fühlen, das ist entsetzlich für ein Mädchen. Das weiß ich von meinen Schwestern. Die können ganze Nächte durchheulen, wenn sie vom Objekt ihrer Sehnsucht vernachlässigt werden. Bis zu Selbstmordgedanken kann sich das steigern.

Ausschließlich aus blanker Menschlichkeit und purer Nächstenliebe wurde ich unter den Akazienbäumen kußmäßig tätig. Ich kann kaum schildern, wie blöd ich mir dabei vorkam. Mit einem Auge schielte ich immer zu den anderen Bäumen, um zu sehen, ob die Schmuserei dort schon ein Ende habe. Und kaum hatte der Harri oder der Florian das Geturtel eingestellt, ließ ich erleichtert von der Erbswurstsuppe ab.

Die Lage war scheußlich für mich, aber sie war durchzustehen. So richtig ans Dampfen kam die Scheiße erst, als der Harri und der Florian – wiederum aus mir unerfindlichen Gründen – mit der Anette und der Marion Riesenstunk bekamen und alles zwischen ihnen »aus« war. Die Marion und die Anette gingen mit dem Gustl und dem Oliver. Mit dem Harri und dem Florian redeten sie kein Wort mehr. Höchstens, daß sie ihnen »Idiot« zuzischten und der Harri oder der Florian dann »Trampel« zurückzischte.

Als ich merkte, daß die Liebesbeziehungen meiner Freunde in den letzten Zügen lagen, war ich unheimlich erleichtert. Aber diese Erleichterung währte nicht lange, denn die Erbswurstsuppe besuchte mich am Nachmittag nach dem letzten großen Streit in der Konditorei und sagte mit verklärtem Augenaufschlag zu mir:

»Wolfi, das ändert natürlich nichts an meiner Liebe zu dir! Wir brauchen ja die anderen überhaupt nicht! Die Anette und die Marion werden natürlich sauer sein, aber meine Beziehung zu dir ist mir wesentlich wichtiger als die alte Kinderfreundschaft mit der Anette und der Marion! Wenn sie so blöd sind, daß sie das nicht einsehen, kann ich auch nichts machen!«

Da finde einer eine passendere Antwort drauf als ein tieferschüttertes Schweigen!

Der Harri und der Florian rieten mir, der Erbswurstsuppe einfach kommentarlos den Liebesdienst aufzukündigen. Aber so gemein wollte ich doch nicht sein! Außerdem hätte sich die Erbswurstsuppe sicher damit nicht zufriedengegeben!
Ich fragte meine Schwester Doris um Rat, weil die für komplizierte Liebesangelegenheiten eine echte Sachverständige ist. Die Doris erklärte mir, ich dürfe die arme Ulli absolut nicht seelisch verletzen. Wenn die erste Liebe schiefläuft, sagte die Doris, kann das bei einem Mädchen ein lebenslanges Mißtrauen in Partnerschaftsbeziehungen zur Folge haben. Sanft, sehr sanft, sagte die Doris, müsse ich der Ulli das Ende unserer Affäre beibringen.
Die human beste Lösung, sagte Doris, wäre es, wenn ich warten würde, bis die Ulli Ullermann zu einem anderen Knaben eine tiefe Zuneigung faßt. Ewig, tröstete mich Doris, halten erste Lieben ja ohnehin nicht an. Und spätestens über die Sommerferien hin, meinte Doris, werde die Sache garantiert im Sande verlaufen.
Ich fand die Idee von Doris gar nicht übel, aber bloß passiv warten und bis zum Sommer leiden wollte ich nicht. Und hundert Prozent sicher, daß die Erbswurstsuppe spätestens in den Ferien einem anderen Knaben ihr Herz schenkt, war ich mir auch nicht, weil sie mir schon mehrere Male mitgeteilt hatte, daß sie auf »absolute Treue auf ewig« steht.
So versuchte ich einen zu finden, der sich der Erbswurstsuppe annimmt, damit sie schneller in Liebe zu ihm entflammen kann. Der Harri und der Florian weigerten sich, obwohl ich sie inständig um den Gefallen bat. Der Sepp und der Jo, die zwei Top-Charmeure unserer Klasse, fielen von vornherein aus; der Sepp kümmert

sich um jemanden, der so ausschaut wie die Erbswurstsuppe nicht, der mag nur große blonde Mädchen, und der Jo ist ein Baby-Bel-ami, der sucht sich seine Bräute immer in den zweiten Klassen.
Ich verfiel auf den Axel, meinen Pultnachbarn. Ich fand, er und die Erbswurstsuppe würden ein gutes Paar abgeben. Und geizig wie er ist, dachte ich mir, gibt er die Ulli, wenn er sie hat, auch nimmer her.
Ich fing die Sache gar nicht unschlau an. Am Tag nach der Plakataktion quer durch unser Haus startete ich die Sache. Da hatte ich nämlich irgendwie neuen Auftrieb. Wahrscheinlich deshalb, weil mich meine Familie in Ruhe ließ. Man könnte auch sagen: Sie straften mich mit Verachtung. Aber das kommt aufs gleiche heraus.
Nach der Schule kaufte ich zwei Kinokarten. Dann rief ich die Erbswurstsuppe an und sagte, ich sei gerade am Kino vorbeigekommen und habe Karten gekauft und wünschte nichts sehnlicher, als mit ihr den Film zu sehen.
Natürlich war die Erbswurstsuppe bereit. Am liebsten wäre sie sofort zu mir geeilt, aber ich sagte, das sei leider unmöglich, ich müsse vorher noch zur Oma ins Geschäft, weil ein Verkäufer erkrankt sei und die Oma heute florierenden Geschäftsgang habe. Ich vereinbarte mit der Erbswurstsuppe als Treffpunkt die Ecke beim Kino, zehn Minuten vor Beginn der Vorstellung.
»Aber komm pünktlich«, ermahnte mich die Erbswurstsuppe. »Ich steh nicht gern allein vor dem Kino, da quatschen einen immer lauter Idioten an!«
Ich versprach, pünktlich zu sein.

Den Nachmittag verbrachte ich beim Harri. Der Florian war auch dort. Beide fanden meine Aktion »Superspitze«. Gegen viertel sechs ging ich nach Hause. Außer Tante Fee war noch niemand daheim. Mit Genugtuung stellte ich fest, daß meine Anschläge, auch die total verdreckten, nicht entfernt worden waren. Dann rief ich den Axel an. Ich stöhnte in den Hörer, daß ich den grünen Dünnschiß und eine Kinokarte habe und daß er diese Karte – gratis – haben könne, weil ein Durchfallkranker im Kino nichts verloren hat. Als der Axel »gratis« hörte, sagte er gar nichts mehr, legte den Hörer auf und kam angewieselt. Der Axel wohnt nur drei Häuser weiter.

Ich erwartete ihn an der Gartentür. Als ich ihm die zwei Kinokarten in die Hand drücken wollte und er vernahm, für wen die zweite Karte gedacht war, zog er seine gierige Raffhand blitzschnell zurück.

»Nicht mit mir, Bruder«, sagte er. »Glaubst, ich buckle mir deinen Ullermann-Rucksack freiwillig auf?«

Anscheinend hatte der Axel allerhand von dem, was meine Beziehung zur Erbswurstsuppe ausmachte, mitbekommen. Damit hatte ich nicht gerechnet!

Der Axel lehnte sich ans Gartentürl, grinste und erklärte, er wäre ja bereit, mit mir einen Erbswurstpakt zu schließen. Unter gewissen Umständen könnte er sich dazu hergeben, mir den Ullermann-Rucksack abzunehmen. Die »gewissen Umstände« waren zwei Kinokarten pro Woche – für die Dauer der Beziehung – und mein tägliches Jausenbrot und, sozusagen als Anfangsabfertigung, mein schwarzer Pullover mit dem gestickten China-Drachen auf dem Rücken.

Natürlich empörte mich die Forderung. Es ist schon unmoralisch genug, die liebende Braut dem Sitznachbarn anzudrehen. Aber dafür noch seinen besten Pullover, seine Jausenbrote und fast das ganze Taschengeld – für

die Kinokarten – herzugeben, das übersteigt den Grenzwert der Unmoral, den ich mir zumute!
Ich sagte zum Axel: »Schleich dich, Bruder« und ging, total vergrämt, selbst ins Kino. Der Harri und der Florian waren auch da. Sie waren gekommen, um den Axel mit der Erbswurstsuppe zu bestaunen. Ich deutete mit Gesten und Grimassen, so gut es halt ging, an, daß mein Plan nicht funktioniert hatte, aber so ein komplizierter Sachverhalt ist nicht zu deuten. Die beiden kapierten nichts! Nur die Erbswurstsuppe zog ein Gesicht und sagte:
»Benimm dich nicht so dumm! Warum schneidest du dauernd Gesichter?«

Als ich vom Kino heimkam, waren sämtliche Familienmitglieder im Wohnzimmer. Meine kopierten Seiten waren nicht mehr an den Wänden. Sie lagen auf meinem Schreibtisch. Daneben lag ein Zettel, von meiner Mutter geschrieben, auf dem stand:

Werter Sohn!
Laß das, bitte!
Als Ausrede für Deine schulische Unzulänglichkeit kannst Du uns diesen Scheibenkleister nicht anbieten. Es gibt eine Unmenge Kinder aus geschiedenen Ehen, und fast alle diese Kinder werden ausschließlich von ihren Müttern beziehungsweise Großmüttern aufgezogen, weil sich die Väter einen feuchten Staub um sie scheren.
Aber zu 99,9% haben diese Kinder mehr Erfolg in der Schule als Du. Sollte ich noch eins der nervenden Käsepapierln an einer Wand vorfinden, flippe ich aus und streiche Dir das Taschengeld für drei Wochen. In Liebe Deine Mutter!

Anscheinend wußten alle im Haus von diesem Schreiben, weil sie mich, als ich ins Wohnzimmer kam, erwartungsvoll anstarrten. Ich setzte mich neben Tante Fee, nahm ihr die TV-Fernbedienung aus der Hand und drückte einen anderen Kanal. Fee protestierte nicht. Ihr ist gleich, was sie sieht, Hauptsache, sie sieht was!
An die zehn Minuten schaute ich einer Blaskapelle bei der Eröffnung einer Brücke zu, dann gab ich Fee die Fernsteuerung zurück und sagte zu Doris:
»Schwester, ich muß mit dir reden!«
Die Doris strickte. Sie strickt meistens, wenn sie zu Haus ist. Sie ließ die Rundnadel sinken und sprach:
»Okay! Sprich dich aus!«
»Unter vier Augen, bitte«, verlangte ich.
Die Doris stand auf. Ich folgte ihr in ihr Zimmer. Sie setzte sich auf ihr Bett und strickte weiter und sagte:
»Wenn es dir um die blöde Zettelpickerei geht, kann ich dir nur sagen: Sei froh, daß es dir so geht! Andere Leute in deinem Alter sind familienmäßig wesentlich saumäßiger dran!«
Ich erklärte der Doris, daß mich im Moment ein ganz anderes Problem bedränge, und erzählte ihr von der Erbswurstsuppe und von meinem Versuch, sie loszuwerden. Ob ich nun auf die Forderungen vom Axel eingehen solle, fragte ich.
Doris wurde ziemlich wütend, schimpfte mich einen Chauvi und einen Macho und keifte, daß ihr kotzspeiübel werde, wenn sie mir lausche. »Du eingebildeter Obertrottel«, zeterte sie. »Gerade bist vierzehn vorbei und glaubst schon, man kann uns Frauen verschachern! Ich schwöre dir, Olfi, wenn du dich zu so einer miesen Type entwickelst, dann hau beizeiten ab! Ganz egal, ob du mein Bruder bist oder nicht! Solche Typen haben wir

schon seit Generationen aus dem Tempel gejagt! Da haben wir Übung drin!«
Damit spielte Doris auf den ziemlich eingeschlechtlichen Zustand unserer Familie an und darauf, daß etliche Männer nur sehr kurze Zeit bei uns im Hause geweilt hatten und dann, absolut nicht freiwillig, wieder ausgezogen waren.
Der erste war mein Großvater Ottokar. Meine Oma heiratete ihn mit achtzehn Jahren. Mit einundzwanzig hatte sie drei Töchter von ihm, und weil sie kein viertes Kind mehr wollte und es damals noch keine Verhütungsmittel gab, die etwas taugten, verwehrte sie dem Ottokar das eheliche Doppelbett. Er mußte in ein Extrazimmer ziehen. Der Ottokar tat es, aber er lachte sich ein Fräulein an, das trotz der untauglichen Empfängnisverhütung willig war. Die Oma merkte das, aber sie sagte nichts. Doch als der Ottokar dann vom Konto viel Geld abhob, um dem willigen Fräulein eine Wohnung zu kaufen, da packte die Oma alle Sachen vom Ottokar in drei große Schrankkoffer und ließ sie von einem Dienstmann zur Adresse vom Fräulein karren. Und das Türschloß von der Haustür ließ sie ändern. Angeblich hat der Großvater Ottokar drei Nächte lang flehend und pochend vor der Haustür gestanden. Aber er hat nur leise gefleht und zart gepocht, weil damals noch mein Urgroßvater im Haus gewohnt hat, und der war fast zwei Meter groß und hat den Ottokar nie leiden können.
Meine Großmutter verkündet noch jetzt oft ganz stolz: »Ich war die erste Frau in der ganzen Bekanntschaft, die sich scheiden ließ!«
Tante Fee war auch einmal verheiratet. Egon hat der Mann geheißen. Der wurde nicht hinausgeworfen, der wurde tot abtransportiert. Er starb nach drei Ehejahren.

Fee redet kaum von ihm, und wenn doch einmal die Rede auf ihn kommt, dann sagt die Oma: »Indiskutabel war dieser idiotische Zwerg! Die einzige Wohltat, die er Fee je erwiesen hat, war sein schneller Exitus!«
Meine Mama sagt, an den schlechten Ehen von der Oma und der Fee ist mein Urgroßvater schuld, weil der nicht nur fast zwei Meter groß war, sondern auch sonst eine wahnsinnig dominante Figur, und seine Töchter, die Oma und die Fee, haben alle Männer an ihm gemessen, und keiner hat der Messung standgehalten.
Tante Truderl und Tante Lieserl waren je zweimal verheiratet. Da sie keinen dominanten Papa gehabt haben, müssen diese vier Ehen an etwas anderem gescheitert sein. Woran, weiß ich nicht, denn die Tanten sind jedesmal beim Heiraten ausgezogen und erst nach den Scheidungen wieder zu uns zurückgekommen. Die paar Mal, die ich die Onkel gesehen habe, ist mir nichts Besonderes an ihnen aufgefallen. Zur Zeit der ersten Partie war ich allerdings noch ein Knirps ohne Urteilsvermögen. Und den zweiten Mann von Tante Truderl habe ich nie gesehen, weil er ein sizilianischer Olivenhändler war, den sie in Rom kennengelernt hat. Sie redet von ihm nur als dem »Mafiosi«, aber schlecht abgeschnitten hat sie in der kurzen Ehe nicht. Sie hat einen großen Alfa-Romeo aus der Ehe gerettet, eine echte Luxuskutsche. Sie behauptet zwar, die Auto-Erbschaft sei ein Fluch, weil die Reparaturkosten vom Alfa so hoch sind, aber der Fluch muß ihr doch lieb und wert sein, sonst hätte sie ihn ja schon verkauft; der Vater vom Axel hat ihr dreimal ein gutes Angebot gemacht.
Der zweite Mann von Tante Lieserl hat mir gut gefallen. Er war lustig und hat zweimal mit mir gebastelt. Leider war er Fleischer. Und Tante Lieserl ist damals gerade ei-

ner Sekte beigetreten, in der es vegetarisch zugegangen ist. Nicht einmal Eier hat sie essen dürfen. Das hat sich auf Dauer mit der blutigen Fleischerseele nicht vertragen.
Jetzt, wo Tante Lieserl eine Sekte bevorzugt, der es ganz Wurscht ist, ob man Wurst ißt, tut es ihr um den Fleischer leid. Manchmal sagt sie elegisch: »Der Franz war eine gute Haut!« Aber der Fleischer hat vor vier Monaten eine andere Dame geheiratet, eine Fleischerin, weil er geglaubt hat, das sei eine gute Basis für eine Beziehung. Doch – laut Lieserl – hat er sich geirrt. Er ist unglücklich mit der Fleischerin. Und trauert dem Lieserl nach. Aber scheiden lassen kann er sich nicht so leicht, weil er einen komplizierten Ehevertrag gemacht hat. Bei dem hat ihn die Fleischerin übers Ohr gehauen. Nach der Scheidung hätte er weniger Hab und Gut, als er vorher gehabt hat.
Meine Mutter hat sehr jung und gegen den Willen der Oma geheiratet. Die Oma wollte, daß sie zuerst fertig studiert und dann einen Mann nimmt. Die Mama hat gemeint, man könne auch als Ehefrau studieren. Was sich in ihrem Fall als Irrtum herausstellte. Nach vier verheirateten Jahren hat sie nichts anderes mehr getan als zwei kleine Töchter hüten und putzen und kochen und bügeln. Davon ist sie stinksauer geworden. Fast jeden Tag – so erzählt es Tante Fee – hat es Streit zwischen der Mama und ihrem Mann gegeben, und die Oma hat sich immer am Streit beteiligt; auf seiten ihrer Tochter natürlich. Und Tante Truderl und Tante Lieserl haben der Oma im Streit beigestanden. Ziemlich grauenhaft muß es zugegangen sein! Als die Andrea vier Jahre alt und die Doris zwei Jahre alt waren, hat die Mama sich wieder an der Uni immatrikuliert und ist jeden Tag fleißig

studieren gegangen. Die Doris und die Andrea hat sie in einen Kindergarten geschickt. Da war der Mann dagegen. Die Streitereien sind noch ärger geworden. Bei einem Streit dann hat der Mann einen Aschenbecher aus Messing nach der Mama geworfen, der hat die Mama am Schlüsselbein getroffen, welches dadurch gebrochen wurde. Da hat die Oma den Mann angeschrien:
»Verlaß augenblicklich mein Haus!«
Und die Tanten packten das Hab und Gut vom Mann der Mama in drei große Koffer und stellten sie ihm vor die Füße. Und der Mann der Mama brüllte die Mama an:
»Entscheide dich, zu wem du gehörst!«
Die Mama entschied sich gegen den Mann. Der Mann ging, und die Mama blieb.
Der Mann ist kurze Zeit später nach Amerika ausgewandert. Manchmal kriegen meine Schwestern von ihm Ansichtskarten. Alimente zahlt er keine. Meine Mama könnte ihn natürlich verklagen, aber erstens ist das schwierig, wenn einer im Ausland lebt, und zweitens, sagt die Mama, hat sie ihren Stolz und braucht sein Geld nicht. Sie ist emanzipiert.
Ich selbst bin »ein Kind der Liebe«; behauptet die Tante Fee. Als meine Mama fertig studiert hatte – Jus hatte sie studiert –, war sie in einer Rechtsanwaltskanzlei angestellt. Was sie in ihrer Freizeit, wenn sie nicht daheim war, tat, sagte sie – immer laut Tante Fee – niemandem. Doch eines Tages dann erklärte sie ihrer Mutter und der Tante und den Schwestern, daß sie ein Kind erwarte. Auf die Frage, von wem sie das Kind erwarte, antwortete sie: »Das spielt überhaupt keine Rolle! Es ist mein Kind! Ich will es!«
Tante Fee findet diese Antwort so wunderschön, daß sie

auch heute noch nasse Augen bekommt, wenn sie mir davon erzählt. Ich soll stolz sein deswegen, sagt sie.

Eins muß man noch erwähnen, wenn man meine Familie erklärt. Meine Oma hat noch immer das Geschäft vom Urgroßvater, ein Wäschegeschäft. Es geht nicht sehr gut. Tante Truderl arbeitet in einem Büro als Abteilungsleiterin. Tante Lieserl hat einen Kosmetiksalon. Viel Geld verdient sie nicht damit. Und meine Schwestern studieren. Doris wird Mathe-Lehrerin. Andrea macht es der Mama nach und studiert Jus. Und hätten wir Tante Fee nicht, würde es uns allen finanziell viel schlechter gehen, denn Tante Fee hat vom Großvatererbe drei Mietshäuser bekommen. Sie vermietet Wohnungen und ist wahnsinnig gut bei Kasse. Und gibt das Geld gern für uns aus.

3. Kapitel

in dem ich ein Gespräch belausche, das mich dazu bringt, im Lexikon nachzuschlagen, was zur Folge hat, daß ich mir eine intensive Ruhe-und-Denkpause verordne.

Nachdem ich die zornige Ansprache von Doris überstanden hatte, wollte ich nicht mehr ins Wohnzimmer und zur Familie zurück. Ich ging in die Küche, schmierte mir vier Schmalzbrote und kochte mir eine Kanne Tee. Und zog mich mit Tee und Broten in mein Zimmer zurück. Ich legte »Neunundneunzig Luftballons« auf den Plattenteller und versperrte meine Zimmertür, damit niemand in mein Reich vordringen und den Plattenspieler auf das, was man »Zimmerlautstärke« nennt, zurückdrehen konnte. Lang saß ich dann an meinem Schreibtisch und faltete aus den kopierten Zetteln Dampfer und Flieger und Raben und Himmel & Hölle-Spiele. Ziemlich leer war mir im Hirn. Hin und wieder fiel mir auch die morgige Mathe-Schularbeit ein, aber das sichere Wissen, daß mir Doris an einem Abend garantiert nicht beibringen würde, was mir seit Wochen schleierhaft-dunkel-unergründlich war, hielt mich davon ab, bei ihr um Hilfe einzukommen. Ein paar Mal mußte ich auch flüchtig ans Kino und die Erbswurstsuppe denken, an ihre rechte Patschhand, die sie andauernd irgendwo auf meinem Leib gelagert hatte. Und ein paar ihrer saublöden Kommentare zum Film fielen mir ein. Es ist ja wirklich nicht so, daß ich die Ulli nur wegen ihrem Äußeren ablehne. Viel wahnsinniger macht mich ja noch ihr Inneres. Worüber die Erbswurstsuppe lacht

und weint, was sie an Statements von sich gibt, was sie an Meldungen ausposaunt, ist echt zum Haare raufen! Nicht für drei Kreuzer Verstand hat sie!
Zweimal während meiner Faltarbeit hämmerte es an meine Zimmertür. Ich vermute, es war die Mama, aber genau kann ich es nicht sagen, weil die Nena-Platte sehr laut wummerte und die Stimme, die beim Hämmern etwas brüllte, dadurch nicht gut zu verstehen war. Es hätte auch die Tante Lieserl sein können. Die Mama und die Tante Lieserl haben Zwillings-Stimmen.
Als ich alle Zettel verfaltet hatte, drehte ich den Plattenspieler ab und warf die Dampfer und die Raben und die Himmel & Hölle-Spiele in den Papierkorb und wollte ins Badezimmer gehen. Mir steht das »untere Bad« zu, das Badezimmer im Parterre. Weil es aber hinter der Tür vom unteren Bad heftig rauschte und jemand laut schnaubte, wollte ich ins »obere Bad«, das der Oma und der Tante Fee gehört. Auf halber Treppe zum ersten Stock blieb ich jedoch stehen. Im ersten Stock unseres Hauses, gleich an der Treppe, befindet sich der »Blaue Salon«. Den nennen wir so, weil er blaue Tapeten und blaue Sitzmöbel und einen blauen Teppich hat. Und an der Wand hängt ein Bild, das heißt »Blaue Pferde«.
Die Tür vom Blauen Salon stand offen. Meine Schwestern saßen auf der blauen Sitzbank. Sie rauchten und tranken Cinzano-rosso und redeten.
»Ein bißl tust du ihm schon unrecht«, sagte die Andrea.
»Ich bitt dich«, sagte die Doris. »Er soll sich nicht anscheißen, wir sind auch ohne Mann im Haus groß geworden. Und normal! Und gar keine üblen Stücke!«
»Kannst nicht vergleichen«, sagte die Andrea. »Als Kleinkinder, und darauf kommt es an, haben wir einen Vater gehabt!«

Ich setzte mich auf die Treppe und lehnte den Kopf ans geschnitzte Geländer.
»Ich finde, er ist besser dran als wir«, ereiferte sich die Doris. »Was haben wir denn gehabt von unserem Erzeuger? Nichts als Streit! Der ist ihm erspart geblieben!«
»Red keinen Scheibenkleister«, sagte die Andrea. »Im Leben geht es nicht ums Ersparte. Wenn ein Bub ohne Vater aufwächst, kann das ins Auge gehen. Der kann doch seinen Ödipus nie im Leben abarbeiten! Wo denn? Wie denn?«
Hierauf war es ein paar Augenblicke still, dann fragte die Doris mit beklommener Stimme:
»Meinst du, er könnte schwul werden?«
Anscheinend veranlaßte mich diese Frage zu einer ruckartigen Körperbewegung, die wiederum unsere Holztreppe zum lauten Knarren brachte.
»Ist da wer?« Die Andrea sprang auf und lief zur Tür vom Blauen Salon.
»Wieso belauschst du uns?« fauchte sie mich an.
»Ich hab bloß auf dem Weg ins Bad eine Rast eingelegt«, sagte ich, erhob mich, stieg die Treppe hoch und marschierte an ihr vorbei und schloß mich im oberen Bad ein. Ich setzte mich auf den Wannenrand und starrte die zwei Wassergläser auf der Ablage über dem Becken an. Wenn die Oma und Tante Fee zu Bett gegangen sind, schwimmen ihre Zähne in den Gläsern. Der Anblick der Plastikbeißerchen fasziniert mich immer unheimlich. Besonders, wenn man sie durch die bauchigen Gläser betrachtet, die alles verzerren. Wie Reißhauer von Fabeldrachen schauen sie dann aus. An diesem Abend konnte mich aber der Anblick der falschen Gebisse nicht recht erfreuen. Was ich von meinen Schwestern über mich vernommen hatte, beschäftigte mich zu

sehr. Ich zog mich aus, setzte mich in die Wanne und drehte die Dusche auf. Die Dusche hing schief am Haken, das Wasser brauste nicht nur auf mich, sondern auch auf meine Klamotten, die vor der Wanne lagen, doch das störte mich nicht. Ich ließ die Dusche laufen, bis kein warmes Wasser mehr im Boiler war und ich Gänsehaut bekam. Dann stieg ich aus der Wanne. Weil kein Badetuch zu finden war, schlüpfte ich in den Bademantel von Tante Fee, der schweinsrosarot ist und Veilchensträuße aufgestickt hat. Und um den Halsrand herum hat er eine dreifache Rüsche. Ich wickelte mir das irre Stück eng um den Leib, band den Gürtel am Bauch zu einer Doppelschleife und besah mich im großen Spiegel.

»Na, Süßer?« fragte ich mein Spiegelbild. »Bist du schwul oder wirst du es erst?« Mein Spiegelbild lächelte mir sanft zu.

»Mal sehen, mein Herzblatt«, murmelte ich, nahm Tante Fees zartrosafarbenen Lippenstift und malte mir einen Monroe-Mund. Dann tuschte ich mir die Wimpern, wobei mir schwarze Farbkleckse an den unteren Lidrand kamen, die verdeckte ich mit grünem Lidschatten. Zum Ausgleich färbte ich mir die Oberlider blau. Und etwas Lippenstift verrieb ich auf den Wangen. Und die Haare kämmte ich mir zu einem langen Pony. Schließlich klemmte ich mir Omas Korallenohrgehänge an die Ohrwascheln und verließ das Bad. Ich steckte die Hände in die Bademanteltaschen und ging hüftewakkelnd zum Blauen Salon. Lächelnd betrat ich ihn, neigte den Kopf und flötete:

»Ihr Lieben, könnt ihr mir mit einem Tampon aushelfen?«

Die Doris und die Andrea starrten mich mauloffen an.

Sie schienen keines Wortes fähig. Ein Zustand, der bei ihnen nur selten vorkommt. Ich drehte mich um und rauschte, popowackelnd, ab. Ich war bereits auf der Treppe, da rief die Andrea:
»Olfi! Komm her!« Und die Doris rief: »Olfi! Wir müssen mit dir reden!«
Ich ignorierte das schwesterliche Geplärr und peilte das Wohnzimmer an. Dort befindet sich unsere Bücherwand. Ich marschierte daran entlang und suchte sie nach einem Meter roter Leineneinbände ab. Links unten, an der Fensterwand, entdeckte ich das Lexikon. Ich holte den Band Munt-Pan heraus, weil darin alle Wörter mit Ö wie Ödipus sein mußten.
Ungebildet wie ich bin, wußte ich bloß, daß der Ödipus in den griechischen Sagen eine Rolle spielt. Warum aber einer wie ich seinen Ödipus nicht abarbeiten kann, hoffte ich vom Lexikon zu erfahren.
Vor der Bücherwand stehend, blätterte ich im Munt-Pan-Band und fand, zwischen odios und Odium diesen Ödipus, der zu deutsch Schwellfuß heißt und König von Theben war, Sohn des Laios und der Iokaste.
Ein wahnsinnig armes Schwein war dieser Ödipus; soweit das dem Lexikon zu entnehmen ist. Ein Orakelspruch nämlich weissagte seiner Mutter, der Königin von Theben, daß sie einen Unhold gebären werde, einen, der später einmal seinen Vater ermorden und seine eigene Mama heiraten werde. Da waren der gekrönte Papa und die gekrönte Mama natürlich geschockt. Sie setzten den neugeborenen Ödipus einfach aus. Aber er wurde gerettet. Und weil er keine Ahnung hatte, wessen Sohn er war, tötete er in einem der vielen Streite, die es im alten Griechenland gegeben hat, seinen leiblichen Vater, befreite Theben von der Sphinx und bekam als

Lohn dafür den Thron samt der Königin. Daß die Dame seine Mama war, konnte er ja nicht wissen. Die Königin muß für ihr Alter recht knusprig gewesen sein, denn sie bekam vom Ödipus noch drei Kinder. Hätte der Seher Teiresias den Mund gehalten, wäre gar nichts weiter passiert, aber der alte Schwätzer enthüllte alles, und Iokaste, die Mama, war so down, daß sie sich erhängte. Und der arme Ödipus stach sich beide Augen aus und irrte mit Antigone, seiner Schwester, – oder Tochter, je nachdem, wie man es betrachtet –, in der Gegend herum, bis er »der Erde entrückt wurde«. (Was immer das heißen mag.)

Mit Interesse las ich die schuldlos-schuldhafte Alt-Tragödie, doch was sie mit mir zu tun haben könnte, blieb mir rätselhaft. Ich bin ja als Kind nicht ausgesetzt worden! Und daß ich meinen Vater, den ich tatsächlich auch nicht kenne, einmal irrtümlich morden werde, war mir wohl schwer zu unterstellen!

Aber dann entdeckte ich am Ende der Ödipus-Story noch folgenden Hinweis:

ÖDIPUSKOMPLEX, Psychoanalyse: libidinöse Bindung des Sohnes an die Mutter.

Nun sah ich etwas klarer und holte mir den Band Kri-Mace, weil darin die L-Wörter sind; L wie libidinös! Ich fand:

Lib'ido (lat) die, im geschlechtl. Verhalten Trieb, Begierde, im Unterschied zu Potenz. Nach S. Freud ist L. die seelisch nicht bewußte Triebkraft von ausgeprägt sexuellem Charakter und macht sie damit zur zentralen Energie des Unbewußten . . .

Va bene! Das war ja nun ein absolut fetter Hund!

Ich schob die zwei Lexikonbände ins Regal zurück. In meinem Kopf rotierte allerhand. Okay, sagte ich mir, hat halt ein Sohn ein libidinöses Verhältnis zu seiner Mutter! Okay, ist das halt eine nicht bewußte Triebkraft von ausgeprägt sexuellem Charakter! Wenn der Dr. Freud das erforscht hat, kann ich Wurm nichts dagegen einwenden, denn das Argument, daß ich diese sexuelle Triebkraft in bezug auf die Mama in mir noch nie gespürt habe, zieht ja nicht, weil es um »nicht bewußte« Triebe geht. Warum aber, fragte sich mein rotierendes Hirn, befürchten die Doris und die Andrea deswegen Homosexualität für mich? Laut Lexikon wollte ich doch unbewußt mit der Mama Sex machen.

Das wäre Inzest, aber beileibe nicht schwul, sagte ich mir. Dies bedenkend, vernahm ich hinter mir einen gurgelnden, halberstickten Schrei. Den hatte meine Mutter ausgestoßen, als sie – zu ihrem Zimmer gehend – das Wohnzimmer durchqueren wollte. Nun stand sie wie festgewurzelt in der Mitte des großen Raumes und starrte mich, um nichts weniger mauloffen als vorher meine Schwestern, an. Ich lächelte ihr zu.

»Bist du des Teufels, Knabe?« stammelte meine Mutter, schnaufte und rieb sich den Nasenrücken.

»Warum?« fragte ich. Ich hatte – durch die intensive Denkerei – total meinen absonderlichen Aufzug vergessen.

»Olf! Der Fasching ist seit Monaten vorüber«, sagte die Mama. »Zieh den lächerlichen Frack aus, und wasch diese Kriegsbemalung ab!«

Ich setzte mich auf die Lehne eines Ledersessels und sagte sanft und freundlich: »Hör auf, deine Nase zu ribbeln, davon bekommst du Falten!« Das sagt sonst immer die Oma zur Mama. Die Mama befolgte meine Ermahnung und zog blitzschnell die Hand von der Nase ab.

»Du mußt wir was erklären, Mama«, sagte ich.
»Zuerst wasch dich«, rief die Mama. Ihre Hand zuckte wieder zur Nase hoch.
»Nicht doch, Mama!« mahnte ich.
Die Mama ließ die Hand sinken. Sie kam auf mich zu, packte mich an der schweinsrosaroten Morgenmantelschulter und versuchte, mich zur Tür, Richtung Badezimmer, zu schieben. Ich stemmte mich dagegen. Meine Mutter ist eine ziemlich kräftige Person, obwohl sie mager ist. Und ich bin auch gerade kein schwächlicher Schwindsuchtknabe.
Gut sechs Jahre war es schon her, seit die Mama und ich zum letzten Mal unsere Kräfte aneinander gemessen hatten! Damals hatte ich im Garten in einem Zelt nächtigen wollen, und meine Mutter war dagegen gewesen, weil für diese Nacht Regen angesagt war und weil die Oma mit der Zeltschlaferei nicht einverstanden war und weil ich angeblich in diesem Alter sehr zu Angina und Verkühlungen tendierte. Die Mama hatte mir das Zeltschlafen strikt verboten. Ich war aber trotzdem, klammheimlich, am späten Abend mit Kissen und Decken ins Zelt gewandert. Das hatte die Mama natürlich bemerkt. Sie war zum Zelt gekommen und hatte gekeift und geschimpft und mir alles mögliche und unmögliche angedroht, aber ich hatte mich standhaft geweigert, das Zelt zu verlassen. Da hatte mich die Mama einfach um die Mitte gepackt. Wie einen aufgerollten Teppich, den man in die Putzerei bringt, hatte sie mich ins Haus zurückgetragen. Ich hatte gestrampelt und gebrüllt. Ich glaube, ich habe sie sogar gebissen. In den Oberschenkel, wenn ich mich recht erinnere. Aber es hat nichts geholfen. Sie ist damals einfach die Stärkere von uns beiden gewesen!
Nun sah es wieder fatal nach »Kräftemessen« aus! Die

Mama zerrte und zog, ich stemmte mich dagegen. Aber dem Ausgang dieses Fights sah ich gelassen entgegen, denn sowohl Länge als auch Gewicht meines Körpers schließen seit Jahren aus, daß sie mich noch immer wie eine dreckige Teppichrolle behandeln kann. Eine Watschen hätte mir die Mama natürlich geben können. Andere Mamas, das weiß ich von Freunden, greifen relativ häufig zu dieser Maßnahme. Doch körperliche Züchtigung ist bei uns daheim total verpönt!
»Olf«, schnaufte die Mama. »Jetzt komm ins Bad!« Ihr Griff tat mir weh, weil sich ihre spitz zugefeilten Fingernägel durch den Frotteestoff in meine Schulter gruben.
»Laß mich los, sonst fang ich zu brüllen an«, sagte ich leise, aber drohend. Ich hatte nicht wirklich mit Erfolg gerechnet, doch er stellte sich ein. Die Mama ließ von meiner Schulter ab.
»Mach keinen Stunk«, sagte ich. »Ich will dich nur was Wichtiges fragen. Nachher wasch ich den Dreck sowieso runter!« Ich wischte mir über den Mund. Der Lippenstiftgeschmack war nämlich wirklich sehr widerlich. Wie Himbeermarmelade auf Schmalzbrot schmeckte das Zeug.
»Dann frag schon«, schnaufte die Mama und rieb wieder ihren Nasenrücken. Ich sah von einer Wiederholung meiner diesbezüglichen Rüge ab und sagte:
»Es geht mir um den Ödipuskomplex, weil ich nicht kapier, wieso sich die Mutterbindung, ich meine, wenn kein Vater da ist, also, wie das mit dem Abarbeiten ist. Und was das mit Schwulsein zu tun hat!« Ich strich mir den Pony aus der Stirn und fing noch einmal von vorn an, weil ich mich verheddert hatte und ich am Gesicht der Mama merkte, daß sie bloß »Bahnhof« verstand.
»Also, ich meine«, sagte ich, »daß es mir darum geht,

wie die Libido des Sohnes zur Mutter sich ohne Vater auswirkt?« Ich war der Meinung, mich nun verständlich ausgedrückt zu haben. Meine Mama war nicht dieser Ansicht.

»Was, bitte?« fragte sie kulleräugig.

Ich wiederholte, noch ein bißchen exakter, meine Frage. Die Mama wiederholte ihr »Was, bitte?« und wurde noch kulleräugiger.

»Kennst dich aus beim Ödipuskomplex, oder nicht?« fragte ich.

»Absolut nicht«, sagte die Mama bedauernd und fügte entschuldigend hinzu: »Ich hab schließlich Jus studiert!«

Eine wahre Hilfe in schweren Stunden, die Frau!

Ich schüttelte bekümmert mein Haupt und verließ das Wohnzimmer. Ich wusch mir, was gar nicht so leicht ging, die Kriegsbemalung ab, schlüpfte in den Jogger-Suit und verließ das Haus durch die Hintertür. Stockfinstere, rabenschwarze Nacht war draußen, nur vom Blauen Salon her kam Licht, das zeichnete ein helles Rechteck auf die Erdbeerbeete und wies mir den Weg zum hinteren Zaun. Den Zaun überstieg ich und wanderte – immer zaunlang – durch nachtnasses Gras bis zum Haus von Axel. Es war fast Mitternacht, aber der Axel ist ein Nachtmensch. Manchmal liest er bis ins Morgengrauen hinein. Im Lauf der Jahre habe ich schon mehrmals mit ihm an seinem Fenster, das im Parterre ist, nächtliche Gespräche geführt. (Nur anrufen darf man bei ihm in der Nacht nicht, weil davon seine Eltern munter werden.)

Im Zimmer vom Axel brannte Licht. Ich stieg über den Zaun und schlich zum Fenster. Der Axel lag schnarchend im Bett. Seine Wange ruhte auf einem aufgeschla-

genen Buch. Ich pfiff leise, der Axel hörte zu schnarchen auf. Ich pfiff noch einmal, der Axel drehte sich um, sein Kopf rutschte vom Buch, das Buch plumpste vom Bett, der Axel fuhr hoch und schaute sich verstört um.
»Ich bin's bloß«, sagte ich und kletterte ins Zimmer.
Der Axel gähnte und sagte vergrämt:
»Wenn du doch auf mein Angebot eingehen willst, hättest mir das auch morgen in der Schule sagen können. Ich habe gerade so rasant geträumt.« Er schwang die Beine aus dem Bett, nahm eine Zigarette vom Nachttisch, zündete sie an, blies Rauch aus, blinzelte und sagte:
»Aber jetzt, Bruder in Christo, kommt dir die Sache etwas teurer. Ich hab mir das überlegt. Meine erste Forderung war ein Einführungspreis. Die Chance hast verpaßt. Zwei Kinokarten pro Woche ist lächerlich, weil ich ja die Erbswurst auch einladen muß. Vier Karten mußt du springen lassen. Und eine von deinen Janis Joplin-Platten rück raus.«
Am liebsten wäre ich, empört über so viel Raffgier, gleich wieder zum Fenster hinaus, doch ich unterdrückte meine Emotion und sagte heuchlerisch: »Okay, das überleg ich mir noch. Da sag ich dir morgen Bescheid.« Ich wollte den Knaben ja nicht verstimmen. »Jetzt«, fuhr ich fort, »bin ich wegen was anderem da. Du bist doch ein Oberwappler in der Psychologie!«
Der Axel nickte selbstgefällig.
»Ich hab da was Interessantes gelesen«, sagte ich. »Das versteh ich nicht. Da ist einer, der kann seinen Ödipus nicht abarbeiten, weil er keinen Vater hat. Und wird deswegen schwul!«
Der Axel schaute mich, zugekniffenen rechten Auges, an. Er ist halt wirklich ein Psycho-Oberwappler! Er

nahm mir meine rein wissenschaftlichen Interessen nicht ab. Er merkte, wie der Hase lief. Er nahm einen tiefen Zug aus der Zigarette, blies Rauch aus, schaute ihm nach, wie er zur Zimmerdecke schwebte, und sprach: »Mein Gutester, ist das nicht ein bißl viel verlangt, daß ich dir jetzt urplötzlich um Mitternacht deine Problematik erkläre?«

Ich rechnete fast schon damit, daß er nun gleich mein neues Reinseidenhemd, meinen Plattenspieler und mein Sparbuch als Honorar fordern werde, aber er runzelte bloß die Stirn und fuhr fort: »Und wissenschaftlich kann ich einem Ignoranten wie dir in Kürze gar nichts erklären. Die Materie ist schwierig!« Er deutete zum Bücherregal. »Dort steht der gesammelte Freud! Lies ihn, dann weißt alles! Aber da brauchst Jahre! Ich bin auch erst bei der Traumdeutung!«

»Mir genügt eine Null-acht-fünfzehn-Erklärung für den Anfang«, sagte ich.

Der Axel nahm rasch hintereinander ein paar Züge aus der Zigarette, drückte sie aus, schwang die Beine wieder ins Bett, zog die Decke bis zum Kinn und sagte: »Man arbeitet den Ödipus ab, indem man mit dem Vater um die Mutter kämpft, weil der Vater ja der Gegner und Nebenbuhler ist. Und dadurch, daß das männliche Kind den Kampf mit einem Mann aufnimmt und ihn besteht, kriegt es seine männliche Identität!« Dann knipste der Axel die Nachttischlampe aus und murmelte:

»Gute Nacht!«

Ich sagte »Vergelt's Gott!« und ging zum Fenster. Als ich schon auf dem Fensterbrett hockte und mit den Füßen nach Boden unter mir suchte, murmelte der Axel noch: »Aber es gibt auch Analytiker, die scheißen auf den ganzen Ödipus-Schnödipus!«

Die Zäune entlang, diesmal an der Innenseite, tappte ich heimwärts. Im Blauen Salon brannte noch Licht. Im Zimmer meiner Mutter auch. Leise schlich ich ins Haus. Ich wollte von keinem Familienmitglied mehr belästigt werden.
Ich legte mich ins Bett, murmelte »Ödipus-Schnödipus« und beschloß, ab morgen früh krank zu sein. Ich brauchte Zeit und Ruhe zum Nachdenken. Die finde ich immer am besten bei absoluter Bettruhe. Ein Schultag mit Erbswurstsuppe und Mathe-Schularbeit, sagte ich mir, würde mich vom Nachdenken zu sehr abhalten.

4. Kapitel

das von meinen bettlägrigen Gedanken handelt und von Detektivarbeit berichtet, bei der die Intimsphäre meiner Mutter verletzt werden muß.

Es ist ja eine unwürdige Verhaltensweise, daß ich jedesmal, wenn ich nicht in die Schule gehen will, krank spiele. Besonders irr wird die Sache noch dadurch, daß meine Familie das gemogelte Kranksein durchschaut. Bis auf Tante Fee. Die ist so naiv, die glaubt einfach alles. Sie wundert sich nur über meine merkwürdige Konstitution und stellt Überlegungen an, wieso ich bei Krankheiten, die üblicherweise mit Fieber einhergehen, konstante 36,8 Körpertemperatur aufweise.
Oft habe ich mir schon vorgenommen, das unwürdige Spiel nicht mehr zu betreiben, sondern im Bedarfsfalle schlicht zu sagen, daß ich keinen Bock auf die Schule habe und ihr deshalb fernbleiben werde, doch dann würden meine Hausdamen sauer reagieren. Sie wollen immer das letzte Wort haben und sich als Erzieher meiner Person fühlen. Daß ein Vierzehnjähriger das Maß seiner schulischen Anwesenheit selbst bestimmt, erscheint ihnen unmöglich. Das schaut ihnen nach Verlotterung aus. Von da bis zum Ausflippen, meinen sie angstbesetzt, sei es nur ein winziger Schritt. Außerdem würden meine Schwestern Stunk machen. Die beobachten meine Aufzucht sowieso mit Argusaugen und motzen dauernd, daß sie in meinem Alter wesentlich weniger »liberal« traktiert worden sind und daß ihnen viel nicht gestattet war, was mir erlaubt ist.

So spielte ich eben auch diesmal wieder das unwürdige Spiel. Eine Darmgrippe dachte ich mir aus. Die ist zwar aufwendiger zu inszenieren als Halsweh, dafür läßt sich der kranke Körperteil nicht so leicht inspizieren wie ein roter Hals. Um halb sieben setzte ich mich mit etlichen Zeitschriften auf den Lokus und widmete mich einer hochinteressanten Story über »Gewalt gegen Eltern«, in der gejammert wurde, daß sich in letzter Zeit die Fälle von Elternmißhandlung mehren, weil die alten Werte ins Wanken geraten. Ich finde das ja typisch! Pro anno kommen im Lande höchstens zwei abgemurkste Elternteile auf tausend an Mißhandlungen gestorbener Kinder. Aber sichtlich erregen zwei tote Erwachsene die Zeitungen mehr als tausend Kindsleichen.

Dies bedenkend, hockte ich auf der Klomuschel. Sooft sich Schritte der Klotür näherten, stöhnte ich. Wenn sich die Türklinke bewegte, rief ich klagend: »Ich hab den Dünnschiß, ich kann nicht weg!« Dann stöhnte ich weiter, bis die Schritte dem unteren Klo zu verhallten. Zwischendurch zog ich mehrmals die Spülung bis zum Anschlag. Und das Klofenster machte ich auf, damit die Andrea nicht – wie schon einmal – behaupten kann, mein Bauchweh sei gemogelt, weil Bauchweh mit Gestank einhergehe und das Klo keinen Deut üblen Geruches aufweise.

Kurz vor ihrem Abmarsch fragte die Mama durch die Klotür an, ob sie den Brummer, unseren Hausarzt, herbestellen solle. Das lehnte ich stöhnend ab. Die Oma trug mir, während sie nach ihren Autoschlüsseln suchte, auf, über den Tag verteilt, dreimal zwei Kohletabletten zu schlucken und ja nichts zu essen. Das gelobte ich stöhnend.

Um halb acht Uhr waren endlich alle, bis auf Fee, aus

dem Haus. Ich zog noch einmal die Spülung und wankte in mein Zimmer. Ich wankte echt, weil mir beim langen Hocken ein Bein eingeschlafen war.
Tante Fee brachte mir Kamillentee und Tabletten. »Blaß schaust aus, Olferle«, sagte sie und streichelte mir über den Kopf. »Tut's Baucherl sehr weh?«
Ich schüttelte den Kopf. Fee schaute mich gerührt an. Du tapferer, kleiner, Schmerz verbeißender Held, hieß ihr Blick. Ich bat Fee, auf meiner Bettkante Platz zu nehmen. Geschmeichelt setzte sie sich. Die Vergünstigung, länger als unbedingt nötig an meiner Seite weilen zu dürfen, wurde ihr nicht oft zuteil. Ich lächelte der Tante matt, aber lieb zu, denn ich brauchte ihr uneingeschränktes Tantenwohlwollen. In den sehr frühen Morgenstunden, gleich zu Beginn der Denkarbeit, die ich mir für diesen Tag vorgenommen hatte, war mir etwas klar geworden: daß es eine Frechheit ist, mir meinen leiblichen Vater zu verschweigen!
Warum ich das erst im Alter von vierzehn Jahren und ein paar Monaten feststellte, ist auch einigermaßen erklärbar, nur muß ich dazu etwas weiter ausholen:
Als kleiner Knirps habe ich natürlich oft nach einem Papa gegreint, einfach deshalb, weil die anderen Kinder auch einen hatten und nette Sachen von ihm erzählten. Doch sooft ich von der Mama einen Papa anforderte, sagte sie, daß nicht jeder im Leben alles haben kann und daß ich dafür zwei liebe Schwestern und zwei liebe Tanten habe, die wiederum hätten andere Kinder nicht und seien deswegen sehr traurig! Diese Argumentation habe ich damals eingesehen. Und hin und wieder habe ich auch gemerkt, daß sich manche Kinder vor ihren Papas fürchten. Da war ich dann froh, keinen zu haben.
Später dann, in der Schule, hat ein blöder Kerl neben

mir gesessen, der hat mich dauernd gelöchert, wieso ich denn keinen Papa habe. Da habe ich ihm erzählt, daß mein Papa bei einem Motorradunfall gestorben ist. Auf einer Harley-Davidson ist er geritten und in einer Kurve von der Straße abgekommen, und einen Dreifachsalto in einen Kuhstall hinein hat er gemacht und ist dort von einem Stier zertrampelt worden. Der blöde Kerl hat das tragische Ende meines Papas in der Klasse verbreitet, und die meisten Kinder waren traurig ergriffen und haben sich bei mir nach den näheren Umständen des Unglücks erkundigt. Ich habe ihren Wissensdurst befriedigt. Und mit der Zeit, ich kann nicht recht erklären, wie das passiert ist, habe ich selber an meinen toten Motorradfahrer geglaubt. Nicht zu hundert Prozent natürlich! Ich habe schon gewußt, daß die Sache ein Schwindel ist. Weil ich auch immer Angst gehabt habe, daß die Kinder meiner Mama davon erzählen. Doch wenn ich an meinen Vater gedacht habe, habe ich ihn mir als Motorradfahrer vorgestellt. Ganz genauso, wie ich ihn für die anderen erfunden habe. Und das Gefühl, daß mein Vater tot ist, habe ich auch immer gehabt.

Deshalb bin ich nie weiter interessiert gewesen, wenn die Mama das Thema »Vater« angeschnitten hat. Ich habe eher versucht, sie wieder davon abzubringen, denn erstens wollte ich mir meinen toten Motorradfreak, den ich im Laufe der Jahre auch mit einem Architekturbüro, einem Porsche und einer Geliebten in Blond und einem Talent zum Saxophonspielen ausgestattet hatte, nicht rauben lassen, und zweitens tat die Mama bei diesen Gesprächen irre geschraubt, gewunden und verklemmt. Papier quatschte sie. Von einer »wundervollen Beziehung« säuselte sie und vom Fortleben des Glücksgefühles dadurch, daß ich als lebendiger Beleg der Beziehung tag-

täglich für sie vorhanden sei. Schlicht peinlich waren diese Verlautbarungen. Die Mama merkte mit der Zeit, daß ich ihre periodisch stattfindenden Andeutungen nicht gut aushielt und verschonte mich damit.
Meine Schwestern wußten auch nichts über meinen Vater. Die Doris vermutete, daß der frühere Chef der Mama in Frage komme. Die Andrea hingegen meinte, daß ich aus einem Griechenlandurlaub der Mama herrühre, meine schwarzen Ringellocken und meinen relativ braunen Teint sah sie als Beweis ihrer Theorie an. Das hatte ich einmal belauscht, als die beiden am Abend eines ihrer »tiefen« Gespräche führten. Und dabei hatte ich noch etwas gehört, nämlich daß Tante Fee, nach Ansicht meiner Schwestern, mehr wissen müßte. Meine Schwestern hatten nämlich auch ein Gespräch belauscht. Eines zwischen Tante Fee und der Mama. Die Mama hatte sich bei Fee über mein Benehmen beklagt, und da hatte die Fee zur Mama gesagt, die Mama brauche sich wegen meiner Erziehung keine Vorwürfe zu machen, meine Rüpelhaftigkeit sei sicher ein Vater-Erbteil. Wenn die Tante Fee meinen Vater nicht kennen würde, könnte sie doch so etwas nicht behaupten, versicherten meine Schwestern im erlauschten Gespräch einander.

Darum hatte ich beschlossen, Tante Fee zu verhören! Ich hielt mich nicht lange mit Vorreden auf, sondern sagte: »Fee, hör mir zu! Ich bin nicht krank! Ich liege nur im Bett, weil ich nachdenken muß!«
»Aber Olferle«, rief Tante Fee und bekam Kummerfalten auf der Stirn, doch dann neigte sie den Kopf ein wenig schräg und fragte: »Worüber mußt denn nachdenken? Oder ist das zu intim, daß du es mir sagen kannst?«

»Es geht um meinen Vater«, sagte ich. »Es ist eine Sauerei, daß ich keine Ahnung habe, wer er ist. Ich möchte Klarheit. Und die Mama redet immer nur blöd herum. Darum frage ich dich!«
»Ich weiß doch nichts!« rief die Fee. »Sie hat uns nichts gesagt! Nur, daß du ein Kind der Liebe bist . . .«
»Den Kitschkleister kenn ich schon«, unterbrach ich Tante Fee.
»Aber ich schwöre, Olferle!« Tante Fee hob die Schwurpfote. »Gar nichts weiß ich. Nach ihrer Scheidung hat uns deine Mama nie mehr mit einem Herrn bekannt gemacht. Direkt als kränkend haben wir das empfunden. Wenn sie ausgegangen ist, hat immer ein Auto vor dem Garten gewartet, und der Mann hat auf die Hupe gedrückt. Die Oma hat damals gemeint . . .«
Tante Fee schwieg.
»Was hat sie gemeint?« bohrte ich nach.
Fee zögerte. Einerseits, das merkte ich, wollte sie verschwiegen sein wie eine Familiengruft, aber andrerseits hat Fee Neigung zur Tratschsucht. Und drittens wird die arme Alte im Haus von niemandem ernst genommen. Keiner will hören, was sie zu berichten hat. Nun war endlich einer ganz geil auf ihre Statements!
Tante Fee beschloß, keine Familiengruft zu sein! Sie beugte sich zu mir und sagte ziemlich leise, ziemlich erregt:
»Die Oma hat gemeint, er muß verheiratet sein, sonst würde er uns nicht scheuen! Und sie hat recht gehabt!«
Fee beugte sich noch näher zu mir, ihre Augen funkelten. »Und ein Kind hat er auch gehabt. Weil im Mercedes hinten auf der Ablage oft ein roter Kinderball lag. Den habe ich einmal rein zufällig, wie ich im Garten war, gesehen!«

Rein zufällig! Daß ich nicht lache!

»Und warum meinst du, daß der mit dem Mercedes mein Vater ist?« fragte ich.

»Weil es sich ausgegangen hat mit der Zeit!« Fees bleiches Gesicht färbte sich malvenfarben. Dieses Erröten ließ mich vermuten, daß mit der »Zeit«, von der sie gesprochen hatte, eine Neunmonatsfrist zwischen den Mercedesfahrten der Mama und meiner Geburt gemeint war. Tante Fee ist leicht verkorkst. Sie tut sich maßlos schwer, über etwas zu reden, das mit Sex zu tun hat. Aber richtig prüde ist sie nicht. Sonst wäre Henry Miller nicht ihr Lieblingsautor, und sonst würde sie auch nicht immer freundlich mit den zwei jungen Damen aus dem Nachbarhaus reden; die gehen nämlich – laut Oma – auf den Strich.

Ich sagte zu Fee: »Doris meint, der frühere Chef der Mama . . .«

Tante Fee unterbrach mich: »Aber Olferle, das ist doch lächerlich! Dieser Fettbauch! Geh! Der Mann im Mercedes war jung und hübsch, mit vielen langen Haaren! Und breiten Schultern!« Tante Fee schwieg. Hätte sie weitergeredet, hätte sie zugegeben, daß sie den Mann nicht bloß ein paarmal, rein zufällig erblickt hatte, sondern daß sie regelmäßig hinter der Hecke auf der Lauer gelegen hatte; anscheinend genierte sie sich dafür noch fünfzehn Jahre später.

Ich fand, so war nicht weiterkommen! Ich setzte mich auf und erzählte Tante Fee vom Gespräch meiner Schwestern und hielt ihr vor, daß sie doch mehr über meinen Vater wissen müsse, wenn sie meine üblen Charaktereigenschaften als sein Erbteil ansehe. Zuerst leugnete Tante Fee. Nie habe sie etwas dergleichen zur Mama gesagt! Und ich hätte ja gar keinen üblen Charak-

ter! Aber ich ließ nicht locker. Fee jammerte, ich solle doch vernünftig sein und alte Sachen »ruhen« lassen. »Warum willst du denn jetzt auf einmal alles so genau wissen?« klagte sie. »Bis jetzt hat dich das doch auch nicht interessiert!«
Darauf konnte ich Fee keine Antwort geben, weil ich das selbst nicht wußte. Ich sagte bloß: »Fee, zier dich nicht! Spuck aus, was du weißt, sonst red ich mit dir kein Wort mehr!«
Tante Fee entrüstete sich, daß das die reinste Erpressung sei, gab aber zu, etwas zu wissen. Nur, erklärte sie, seien das Tratschgeschichten, niemand könne sagen, ob in ihnen auch bloß ein Jota Wahrheit stecke. Schließlich rückte sie aber doch mit einer langatmigen, ausschweifenden Story heraus, deren harter Kern folgender war:
Die Tochter einer Freundin von Tante Fee hatte zur fraglichen Zeit meine Mutter mehrmals mit einem Mann beim Heurigen gesehen. Turtelnd, wie die Tochter der Freundin sagte. Und der Mann, der mit der Mama turtelte, war ihr flüchtig bekannt. Als »verbummelten« Studenten hatte sie ihn bezeichnet. Und jünger als die Mama war er angeblich. Und verheiratet. Und ein Kind hatte er. Und angeblich lebte er von seinen Schwiegereltern, die recht wohlhabend waren.
Die Story rundete Tante Fee damit ab, daß sie erklärte, die Mama habe sich höchstwahrscheinlich für diesen Typ, auf den sie da hereingefallen war, so geniert, daß sie ihn allen verschwiegen hatte.
Ich tat, als wäre ich auch dieser Ansicht und das Thema für mich deshalb erledigt. Dann mußte ich mich noch gegen die Trostversuche der guten, alten Fee wehren. Sie war nämlich der Meinung, die geschilderte Vaterfigur

müsse mich enorm deprimieren. Die Vorstellung, daß meine Ansichten über Moral und Sitte fernab ihrer eigenen kleinbürgerlich-bieder-spießigen Wertvorstellungen liegen, kam ihr nicht in den Sinn. Mit dem Versprechen, ihre Mitteilsamkeit keinem Familienmitglied zu offenbaren, schob ich sie aus meinem Zimmer. Sanft dösend wartete ich im Bett, bis Tante Fee zum Einkaufen das Haus verlassen hatte. Dann erhob ich mich und durchforschte die untere Lade der Kommode im Zimmer der Mama. Ich vermutete dort verborgene Indizien, weil diese Lade immer versperrt ist. Der Schlüssel zur Lade liegt in der eisernen Handkasse der Mama, und der Schlüssel zur Handkasse liegt unter der Schreibunterlage auf dem Schreibtisch. So kleine intime Details bekommt man einfach mit, wenn man vierzehn Jahre zusammen lebt!

Die Lade war vollgestopft. Hauptsächlich sentimentaler Kram war darin. Sogar Schießbudenrosen mit Silberflitter. Und ein Papierfächer. Gebündelte Papiere fand ich in Massen. Darunter das Scheidungsurteil der Mama samt Rechnung vom Anwalt. Und Fotos, auf denen die Mama, sehr jung und sehr schlank, nackend auf einem geblümten Sofa posierte. Mich und meine Herkunft betreffend fand ich zuerst nur Schreiben vom Fürsorgereferat und der Obervormundschaft. Anscheinend ist es gar nicht so leicht, wenn eine Frau den Namen des »Kindsvaters« bei der Behörde nicht angibt. Die machen enorme Schwierigkeiten. Die Mama, entnahm ich den amtlichen Wischen, mußte ziemlich lang herumstreiten, bis man sie in Frieden gelassen hat.

Dann fand ich unter einer Schachtel mit Muscheln, Schneckenhäusern und Kieselsteinen etliche Hefte, von der Mama beschrieben. Um Tagebücher mit laufenden

Eintragungen handelte es sich nicht. Es waren eher Problem-Hefte. Die Mama dürfte, sooft sie in einer schwierigen Lebenssituation gewesen ist, ihre Gedanken in die Hefte geschrieben haben. In manchen waren bloß ein paar Seiten beschrieben, manche waren bis zum letzten Blatt gefüllt. Und viele Seiten waren durchgestrichen, und mit rotem Filzstift war »Blödsinn« oder »Kitsch« oder »Scheiße« in Riesenlettern darübergekritzelt.
Ein Heft beschäftigte sich mit der Absicht der Mama zu heiraten. Und mit den Streitereien, die sie deshalb mit der Oma hatte. Und mit den eigenen Bedenken gegen die Heirat. Und mit den Hoffnungen, die sie trotzdem für die Zukunft hatte.
Mehrere Hefte gehörten zu mehreren Ehekrisen. In ihnen war die Tinte oft von nassen Flecken aufgelöst und unleserlich. Ich überflog die Seite bloß und bekam eine Gänsehaut. Ein echter Horrortrip muß das Eheleben der Mama gewesen sein.
Das Heft, das mich etwas anging, nahm ich an mich. Alles andere tat ich in die Lade zurück, schloß ab und deponierte die zwei Schlüssel wieder an ihren geheimen Orten. Mit meiner Lektüre zog ich mich auf mein Bett zurück. Um es kurz zu machen: Meine Mutter hat meinen Vater ganz irre geliebt, aber erstens war er tatsächlich viel jünger als sie, und sie hat gemeint, das müsse schiefgehen. Und zweitens war er ein »Schmetterlingsjäger« – was immer das heißen mag – und nicht für den Ernst des Lebens gebaut. Bekommen hat sie mich, weil sie eine Pillenpause eingelegt hatte, und behalten hat sie mich, weil ihr der erste Arzt, der mich hätte auskratzen sollen, zu versoffen war, und der zweite Arzt hat enorm viel Geld verlangt. Zur Oma um Geld wollte sie nicht gehen. Eine Freundin hat ihr versprochen, das Geld aufzu-

treiben. Aber das hat eine Zeit gedauert. Und wie die Freundin das Geld endlich gehabt hat, war der teure Arzt tot. Dahingerafft von einem Herzinfarkt. Und da war die Mama direkt erleichtert. Sie hat beschlossen, daß das ein Wink des Schicksals ist, und hat mich behalten!

Dem Schmetterlingsjäger hat sie nichts von mir gesagt. Weil der, schreibt sie, das nicht »verkraftet« hätte, und ein Mann wie er wäre ihr keine Hilfe, sondern eine Last gewesen.

Sie hat ihm gesagt, daß »Schluß« ist. Einfach ohne Grund. Er hat sehr gelitten, aber die Mama schreibt, sie kennt ihn so gut, daß sie genau weiß, daß er sich bald mit einer anderen »trösten« wird.

Daß der Schmetterlingsjäger eine Frau und ein Kind gehabt hat, ist auch aus dem Heft hervorgegangen. Und daß er seit vielen Jahren studiert; was er studiert, hat die Mama nicht geschrieben. Und daß er Johannes heißt. Sogar einen kleinen Zettel von ihm habe ich zwischen den Seiten des Heftes gefunden. Drauf hat gestanden:

Geliebte Moni,

ich konnte nicht länger warten. Ich liebe Dich! Muß jetzt A. vom Konzert abholen. Ich liebe Dich! Rufe morgen in Deiner Kanzlei an. Ich liebe Dich. Johannes

Den wirklich wichtigen Hinweis entdeckte ich ebenfalls als Beilage, ganz hinten im Heft. Es war der Brief einer gewissen Anneliese Smetana – wie dem Briefkopf zu entnehmen war – an meine Mutter. In dem Brief riet die Anneliese meiner Mama von einer intensiven Beziehung zum Johannes ab, weil der eine »schwache Persönlichkeit« habe, und die Mama solle sich doch um Himmels willen klar sein, daß sich Johannes, aus reinen Finanzgründen, nie von der Alice trennen werde. Bei dem

»Moos«, das die Muxenedersippe nun einmal habe. Der Johannes, schrieb die Anneliese, werde auch bloß die nächsten paar Jahre wie ein Schmetterling flattern, dann werde er sich schön brav und bieder anpassen. In fernerer Zukunft werde er, mit Brille und Bauch, im Muxenederschen Büro sitzen und kontrollieren, wieviel Geld die Powidlkolatschen eingebracht haben. Und als PS-Satz verfluchte sie den Tag, an dem sie die Mama und den Johannes miteinander bekannt gemacht hatte.

Ich verwahrte das aufschlußreiche Heft unter meiner Matratze und holte mir das Telefonbuch. Der Muxeneder waren nicht sehr viele darin, und der, der als Schwiegervater meines Vaters in Betracht kam, konnte nur der Alois Muxeneder sein, Bäcker und Konditor in der Westbahnstraße 100; falls der Powidlkolatschenhinweis dieser Anneliese kein dummer Witz gewesen war. Für den Nachmittag beschloß ich einen Powidlkolatscheneinkauf in der Westbahnstraße 100!

Ich war schon beim Weggehen, bloß Tante Fee hielt mich noch auf, weil sie wissen wollte, was sie im Falle eines Anrufs der Mama lügen solle, da kam die Erbswurstsuppe, um mir einen Krankenbesuch abzustatten. Mit drei rosa Nelken und einem Punschkrapfen in Herzfasson kam sie. Sie war sehr erleichtert, als sie mich senkrecht und kraftstrotzend erblickte.

»Ich hab mir schon solche Sorgen um dich gemacht«, hauchte sie mir ins Ohr. Ich sagte, daß ich nur am Morgen krank gewesen sei, daß es mir jetzt schon wieder besser gehe und daß ich eine dringende Besorgung machen müsse. Die Erbswurstsuppe teilte mir mit, daß sie mich begleiten werde. Ich war zu höflich, um zu widersprechen.

Auf dem Weg zur Straßenbahn hielt sie meine Hand. Sie hielt sie so fest, daß man hätte meinen können, sie habe Angst, sich ohne meinen Schutz im Walde zu verlaufen. In der Straßenbahn wieherte sie wie ein altes Pferd, weil ich auf ihre Frage, was ich denn zu erledigen habe, »Kolatschen kaufen« geantwortet hatte. Sie hielt das für einen prächtigen Scherz.
Die Bäckerei Muxeneder war ein hübscher Laden, ganz auf »alt« aufgemotzt, mit schwarzen Glasschildern, mit Goldschrift, mit Schnörkeln. Zweiundvierzig Sorten Brot, davon acht biologisch vollwertig, führe die Firma Muxeneder, verkündete ein Plakat in der Auslage. Und erlesene Mehlspeisen aus reiner Butter und frischen Eiern zubereitet. Als April-Spezialität empfahl das Plakat: Erdbeeromelette mit Schlagobers.
Die Erbswurstsuppe stolperte hinter mir in den Laden hinein.
»Du willst echt Kolatschen kaufen?« fragte sie entsetzt.
»War nur ein Witz«, sagte ich. Ich hatte nämlich gesehen, daß neben dem Verkaufsraum ein Zimmer mit Tischen und Stühlen war; fast ein richtiges Kaffeehaus. »Das ist mein neues Lieblingslokal«, sagte ich zur Erbswurstsuppe.
Die Erbswurstsuppe wollte sich zu einem Tisch am Fenster setzen, ich suchte einen Tisch in der Mitte des Raumes aus, von dort war das Lokal zu überblicken. Die Erbswurstsuppe erklärte, sie habe ihr Taschengeld in die drei Nelken und den Herzpunschkuchen investiert, nicht einmal ein Mineralwasser könne sie sich leisten. Ich lud sie auf ein Erdbeeromelette ein. Die Erbswurstsuppe mampfte beglückt und teilte mir kauend mit, daß es hier »irre schick« und »wahnsinnig süß« und »echt Spitze« sei. Als sie fertig gefuttert hatte, rückte sie mir an

den Leib, lehnte den Kopf an meine Schulter und erzählte von der Mathe-Schularbeit und unterstellte mir, daß ich gar nicht krank gewesen sei, sondern mich bloß vor der Schularbeit gedrückt habe. Aber das, meinte sie, sei sinnlos gewesen. Die Schularbeit werde garantiert wiederholt. Gut zwei Drittel der Klasse rechneten mit einem Nichtgenügend. Während sie dies referierte, streichelte sie abwechselnd meine rechte Hand und meinen rechten Oberschenkel.

Zwei Stunden saß ich mit der Erbswurstsuppe im Muxeneder-Laden, einen, der mein Vater hätte sein können, sah ich nicht. Außer dem Fräulein, das servierte und den drei Frauen, die Brot und Kuchen verkauften, tauchte aus hinteren Gefilden dreimal ein alter, beleibter, rotgesichtig-schlaganfälliger Mann auf, der Mürrisches zu den Brotfrauen murrte, von denen er mit »Herr Chef« tituliert wurde. Ich nahm ihn als den alten Muxeneder. Eine Frau, Alter unbestimmbar, aber nicht sehr alt, marschierte auch einmal durch den Laden und verschwand in den hinteren Gefilden. »Grüß Gott, Frau Chefin«, sagte die Serviererin zu ihr. Da ich keine Ahnung hatte, wieviele Kinder der Herr Muxeneder in die Welt gesetzt hatte, konnte ich diese Frau nicht zur Frau meines Vaters machen. Aber ich sagte mir, daß es ja auch gar nicht normal wäre, gleich am ersten Tag der Recherche Erfolg zu haben!

Ich brachte die Erbswurstsuppe nach Hause. Einem Abschiedskuß entkam ich, weil vor dem Haustor der Erbswurstsuppe zwei Frauen standen und tratschten. Eine war die Nachbarin der Ullermanns. In deren Anwesenheit wollte die Erbswurstsuppe nicht umarmt werden. Sie hat Eltern, die das Küssen erst nach bestandener Matura, also ab achtzehn, erlauben.

»Dann bis morgen, Wolfi«, sagte die Erbswurstsuppe, bevor sie ins Haus lief. Ich nickte. Dabei hatte ich wirklich keine Absicht, morgen in die Schule zu kommen. Man kann nicht nur am Schularbeitstag fehlen. Das sieht blöd aus. Mindestens drei Vormittage noch, beschloß ich, hatte ich krank zu sein, damit das Mathe-Suserl keinen Verdacht schöpfen konnte.
Leider war die Mama schon zu Hause, als ich heimkam. Sie habe, sagte sie, früher mit der Arbeit Schluß gemacht, um ihren kranken Sohn zu hüten. Das nahm ich ihr natürlich nicht ab. Wahrscheinlich hatte sie von der Kanzlei zu Hause angerufen, und Tante Fee hatte hilflos herumgestottert, und die Mama hatte Lunte gerochen! Ich versuchte eine Notlüge. Ich sagte, ich sei beim Dr. Brummer, dem Hausarzt, gewesen. Wie die meisten Notlügen war das eine dumme Ausrede, denn die Mama wollte das Rezept vom Dr. Brummer sehen. Außerdem hatte ihr Tante Fee vorgelogen, ich sei beim Harri, um mir die Aufgaben für die Mathe-Hausübung zu holen; was eine genauso dumme Notlüge gewesen war. Angaben für Mathe-Beispiele kann man sich ja auch telefonisch durchgeben lassen.
Die Mama hielt mir einen langen, seufzergespickten Vortrag, einen von der Sorte, die mich sonst zum Ausflippen bringt. Aber diesmal konnte ich der Mama nicht gram sein. Irgendwie, seit ich in ihren Problemheften gelesen hatte, stimmte mich der Anblick der Mama milde und melancholisch. Darum wurde ich nicht das, was die Oma »frech« nennt, und inszenierte auch keinen meiner berüchtigten Schreianfälle. Ich sagte bloß: »Schau, Darling, es hat keinen Sinn, ich schaff das Gymnasium nicht. Meld mich ab, gib mich in die Hauptschule, zu mehr reicht es halt nicht!«

Das schockte die Mama. Andere als akademische Laufbahnen sieht sie für ihren Nachwuchs nicht. Sie wurde ganz sanft. Sie versuchte mich »aufzubauen«. Wie eine Krankenschwester redete sie auf mich ein, daß ich doch ein ganz Lieber und ganz Kluger und ganz Gescheiter sei! Ein echter Wiffzack, ein totaler Blitzkneißer! Nur ein bisserl faul halt! Doch alles sei im Leben nachzuholen! Die nächsteWoche, sagte die Mama, müsse ich der Schule fernbleiben, damit ich meine Zeit nicht mit unnützem Klimbim wie Turnen, Zeichnen und Singen zubringe, sondern mich zielstrebig mit Latein, Mathe und Englisch befassen könne. Doris werde mir in Mathe, Andrea in Latein beistehen, sie selbst werde mich in Englisch fördern. Spielend könne ich dann das Schuljahr mit höchstens einer Nachprüfung schaffen. Nur müsse ich ab jetzt alle Gedanken und Kräfte auf dieses Ziel konzentrieren! Da ich der Mama nicht gut sagen konnte, auf welches Ziel alle meine Gedanken und Kräfte bereits konzentriert waren, murmelte ich »Okay«, und die Mama war glücklich. So einsichtig, lobte sie, habe sie mich schon lange nicht gefunden, ich sei nun wieder ihr »guter alter Olf«, und sie habe schöne Hoffnung für die Zukunft. Heiter verließ sie mein Zimmer, und da ich an diesem Tag in wichtigeren Angelegenheiten ohnehin nichts mehr tun konnte, lernte ich Latein-Vokabeln. Um den Hausfrieden wieder gänzlich ins Lot zu bringen, ließ ich mich nach dem Nachtmahl von Andrea abhören. Bis auf zwei Wörter konnte ich alle Vokabeln, aber die Andrea, die Kuh, lobte mich nicht, sondern keifte: »Da sieht man es! Nichts wie faul! Wenn du einmal was lernst, kannst du es ja!« Und die Doris fügte gehässig hinzu, das sei vielleicht für Latein zutreffend, in Mathe sei ich jedoch ein Volldepp, da nütze mir kein Lernen.

Das ärgerte die Mama. Sie sagte zu Doris, ein Mensch mit solchen Ansichten sollte kein Lehrer werden. Die Kinder, die Doris einmal unterrichten werde, täten ihr heute schon leid! Da war die Doris beleidigt und ging in ihr Zimmer; was mich froh stimmte. Sonst hätte sie noch angefangen, mit mir Mathe zu büffeln. Dazu fühlte ich mich nach der Vokabelstuckerei wirklich nicht mehr fähig. Einer wie ich, der so lange gar nichts gelernt hat, kann sich nur langsam auf Touren bringen.

5. Kapitel

das von weiteren erfolgreichen Nachforschungen handelt und von erfolglosen Versuchen, mit der Erbswurstsuppe klarzukommen. Außerdem gewinnt mein Pultnachbar Axel an negativer Bedeutung.

Die nächste Woche über lernte ich tatsächlich. Stundenlang stuckte ich dermaßen, daß Tante Fee ganz ergriffen war und mir mehrmals täglich frischgepreßten Orangensaft verabreichte, weil man beim Denken, wie sie sagte, viel Vitamine verbraucht. Die Mama und Andrea waren zufrieden mit mir. Die Mama drückte ihre Zufriedenheit auf die Lobe-Tour aus, die Andrea auf die Keif-Tour à la: »Na, warum denn nicht gleich?« und: »Wenn du die letzten Monate nur halb soviel gelernt hättest, hätten wir uns das ersparen können!«
Mit der Doris kam ich nicht zurecht. Wenn sie mir ein Mathe-Problem erklärt hatte, verstand ich nicht einmal das mehr, was ich vorher gewußt hatte. Die Oma machte einen vernünftigen Vorschlag: Ich solle mich auf Latein und Englisch konzentrieren und eine Nachprüfung in Mathe machen, da hätte ich dann den ganzen Sommer fürs Mathe-Lernen. Dagegen war aber die Mama. Man soll sich, sagte sie, die Ferien nicht mit Lernen versauen. So nahm ich – und Doris schnaubte deswegen vor Wut – den Vorschlag von Tante Truderl und Tante Lieserl an. Die zwei sagten nämlich: »Jemand, der in Mathe begabt ist, kann jemandem, der in Mathe unbegabt ist, gar nichts beibringen. Weil er nicht versteht, daß der andere das nicht versteht. Nur ein Mathe-Dödel kapiert, wo das

Nichtkapieren liegt!« Da Tante Truderl und Tante Lieserl ausgesprochene Mathe-Dödeln sind, versuchten sie sich an mir.
Das waren lustige Stunden, die mir Selbstbewußtsein brachten, weil ich mir sagte: Wenn zwei Stücke, die nicht einmal wissen, wie man einen Bruch multipliziert, das Gymnasium geschafft haben, dann wird es auch mir gelingen!
Da mir meine »Hausdamen« nur nach der Arbeit Nachhilfe geben konnten und die Doris und die Andrea auch erst immer am späten Nachmittag von der Uni kamen, hatte ich eine Menge Freizeit, die ich nur zu fünfzig Prozent ins Lernen investierte. Die anderen fünfzig Prozent verbrachte ich beim Muxeneder. Am frühen Nachmittag traf ich mich dort mit dem Harri und dem Florian. Am späten Vormittag saß ich allein dort. Der Harri und der Florian wunderten sich zwar, daß ich ein so entlegenes Lokal zu meiner Stammkneipe gemacht hatte, da aber oft eine Mädchenclique beim Muxeneder hockte, die zu uns Kontakt aufgenommen hatte, waren sie mit meiner Wahl zufrieden.
Am Vormittag war immer ein schmales, schwarzhaariges Mädchen mit ganz großen braunen Augen und Sommersprossen auf der winzigen Nase im Muxeneder. Joschi hieß sie. Rauchend, strickend und in Illustrierten blätternd, schwänzte sie die Schule. Wir redeten nicht viel miteinander, aber wir lächelten uns zu. Manchmal gab ich ihr Feuer. Oder ich tauschte Zeitungen mit ihr. Am besten gefielen mir ihre Hände. Die waren schmal und braun, mit dünnen Fingern, die ein bißchen zitterten. Das merkte man an der Zigarette zwischen den Fingern, die zitterte auch.
Fatal war, daß auch die Erbswurstsuppe, so als sei das

die selbstverständlichste Sache der Welt, jeden Nachmittag auftauchte. Den Harri und den Florian störte das. Sie stichelten, und die Erbswurstsuppe hielt mir mit feuchtem Blick vor, daß ich sie nicht »beschütze«. Ob mir meine zwei blöden Freunde etwa wichtiger seien als unsere Liebe, fragte sie mich. Ich legte mich nicht fest, murmelte nur Beruhigendes. Und die Erbswurstsuppe beruhigte sich auch immer gleich wieder.
Dem Harri und dem Florian hätte ich gern erzählt, warum ich wirklich dauernd beim Muxeneder saß, aber erstens war meistens die Erbswurstsuppe dabei, und die ging das nun echt nichts an, und zweitens brachte ich es nicht über mich, ihnen den Harley-Davidson-Papa als erstunken und erlogen zu beichten. Wir drei hatten uns schließlich in der Volksschule schon »Ehrlichkeit auf ewig« geschworen.
In der Vater-Recherche kam ich weiter! Die Nachmittags-Mädchenrunde half mir dabei, die war schon seit Jahren Stammgast im Lokal. Unauffällig brachte ich ein paarmal die Rede auf die Besitzverhältnisse in der Bäkkerei und erfuhr, daß der alte Chef nur eine Tochter habe, die »Frau Chefin«, die ich schon beim ersten Besuch gesehen hatte, und daß die Frau Chefin einen Sohn hatte. Sechzehn war der Sohn, und Johannes hieß er. Das haute sichtlich hin!
Von einem Schwiegersohn des alten Chefs, einem Mann der Frau Chefin und einem Vater des Johannes, hatte die Mädchenrunde noch nie etwas gehört. Und den Familiennamen der Chefin und des Johannes wußte man in der Mädchenrunde auch nicht. Ein Mädchen behauptete zwar, der Familienname der beiden sei »Scherbeutel«, aber das lehnte ich ab. Ein Vater mit Namen Scherbeutel war mir nicht vorstellbar!

Am Samstagvormittag kam ich gegen zehn Uhr ins Muxeneder. Alle Tische waren von hausfraulichen Damen besetzt, die Rast hielten, um sich für die zweite Halbzeit des Wochenendeinkaufs zu stärken. Die Joschi war bereits da. Ich setzte mich zu ihr. Die Joschi strickte. Einen Riesenfleck in Lausgrau. Sie sagte, es sei der Rückenteil eines Pullovers. Ich fragte, ob sie den Pullover für ihren zwei Meter langen zweihundert-Kilo-Vater stricke. Die Joschi sagte, der Pullover sei für sie selbst, und sie stricke ihn deshalb so groß, damit er ihre Figur, die gar keine sei, komplett verdecke. Ich protestierte. Ich sagte, dicke Leute seien doch ein Graus, sie solle froh sein über ihre Zaunlattenfigur.

»Du spinnst ja«, sagte die Joschi. »Da ist nichts zum Frohsein! Kein Busen, keine Taille, keine Hüften, keine Waden! Nur ein Verdacht auf Magersucht! Dabei freß ich wie ein Scheunendrescher!«

»Ich mag Busen nicht«, sagte ich. Das stimmte. Das war nicht bloß Höflichkeit. An der Erbswurstsuppe – zum Beispiel – schreckte mich die kompakte Oberweite besonders. Und was an der Vorderfront meiner Oma herumwabbelt, hat mich seit eh und je verstört.

»Echt wahr?« fragte die Joschi. Ich nickte.

»Dann bist eine Ausnahme«, sagte die Joschi. »Alle Burschen, die ich kenne, reden vom Busen, wenn sie von Mädchen reden. Und mein Papa sammelt heimlich Magazine mit nackten Frauen, die haben Brüste so groß wie Brotlaibe. Und mein Bruder, wenn der wo eine mit so einem Riesenvorbau sieht, kriegt er Augen wie vor dem Christbaum!«

»Blöd, find ich«, sagte ich.

Die Joschi nickte. Sie war am Reden gehindert, weil sie die Maschen am lausgrauen Rückenteil abzählte. Und dann ging ihr der Wollfaden aus. Sie holte einen Wollsträhn aus der Schultasche, legte ihn in den Schoß und fing an, den Faden auf ein Knäuel zu wickeln. Ich streckte meine Arme aus, auf daß die Joschi den Strähn darüber streifen möge; denn ungespannte Wolle verheddert sich beim Abwickeln.

»Du bist echt eine Ausnahme«, sagte die Joschi und tat die Wolle über meine Arme. Sie behauptete, alle anderen Männer weigerten sich, als Wollhaspel herzuhalten, das sei ihnen zu unmännlich. Ich erzählte der Joschi, daß ich außer Mutter und Großmutter noch drei Tanten und zwei Schwestern habe und daß ich, quer durch mein junges Leben, garantiert schon für einen Waggon voll Wolle meine Hände dargeboten habe.

»Und stricken kann ich auch«, sagte ich.

»Gibt's nicht«, sagte die Joschi.

»Na hör einmal«, protestierte ich. »Ich müßt ja ein kompletter Volltrottel sein, wenn ich vierzehn Jahre unter lauter strickenden Weibern leb und nicht wüßte, wie das geht! Ich hab mir schon mit acht Jahren einen grün-weißen Schal gestrickt. Damals war ich Rapid-Anhänger!«

Um der Joschi zu zeigen, daß ich die lautere Wahrheit sprach, nahm ich ihr das Strickzeug aus der Hand. »Halbpatent, Vorderseite«, sagte ich. »Eine glatt, eine mit Umschlag abheben, oder?« Die Joschi nickte, und ich fing zu stricken an. Das war ein bißchen mühsam, weil die Joschi sehr fest gestrickt hatte. Die Maschen gingen kaum von der Nadel.

Aufmerksam verfolgte die Joschi meine Tätigkeit, und ein paar Frauen an den Nachbartischen taten desgleichen. Eine alte Dame stand sogar auf, kam zu mir, beobachtete meine emsigen Finger wie eine geprüfte Handarbeitslehrerin und sagte:

»Tadellos, mein Knabe! Dein Anblick erfreut mich!« Dann ging sie wieder zu ihrem Platz zurück.
Als ich drei Reihen gestrickt hatte, nahm mir die Joschi das lausgraue Stück weg, weil ich ihr zu locker strickte. Womit sie recht hatte, denn nachdem die Joschi wieder ein paar Reihen gestrickt hatte, merkte man das deutlich. Wie ein dicker Wulst stachen meine drei Reihen aus Joschis festem harten Gewirk hervor.
»Das mußt wieder auftrennen, tut mir leid«, sagte ich schuldbewußt.
Die Joschi legte die Strickerei in den Schoß, fuhr mit einem Zeigefinger den lockeren Maschenwulst entlang und sagte: »Keine Spur! Der bleibt. Dann fällst du mir ein, sooft ich den Pullover anziehe!« Dabei lächelte sie mir zu, und mir wurde ganz heiß im Magen, genauso, wie wenn man vom Skifahren ausgefroren in die Skihütte kommt und den ersten Schluck vom Jägertee nimmt.
»Und nächste Woche, wenn ich beim Vorderteil bin, strickst du mir wieder ein paar Reihen hinein«, sagte die Joschi. »Weil, den Rücken kann ich ja nicht sehen, wenn ich ihn anhabe.«
Ich sagte der Joschi, daß ich nächste Woche nicht mehr am Vormittag im Muxeneder sein werde, und erzählte ihr vom Lern-Abkommen mit der Mama. Ich fragte sie auch, ob sie denn ewig die Schule schwänzen könne, ob das nicht auffalle. Die Joschi erklärte mir, sie müsse Schule schwänzen, bis ihr Bruder wieder aus Italien zurück sei. Den brauche sie, damit er eine Entschuldigung mit einer gefälschten Vater-Unterschrift schreibe. Der könne das ausgezeichnet. Dann fragte mich die Joschi, in welches Gymnasium ich gehe, und war sehr erstaunt, als sie erfuhr, daß meine Schule und meine Wohnung

fast am anderen Ende der Stadt sind. Sie wollte wissen, wieso ich dann im Muxeneder sitze. Weil mir zwar nicht mehr ganz jägerteeheiß, aber noch immer sehr warm im Magen war, erzählte ich der Joschi, warum ich regelmäßig zwei mal zwei Stunden in der Bäckerei absaß. Alles sagte ich ihr! Einen kompletten Bericht lieferte ich. Sogar vom Ödipuskomplex erzählte ich ihr und davon, daß man nach Ansicht meiner Schwestern davon schwul werden kann. Und daß ich mich schon gefragt habe, ob ich nicht wirklich gefährdet bin, weil mir die Erbswurstsuppe so auf den Nerv fällt und ich Abneigung empfinde, wenn ich sie küssen muß. Eigentlich wollte ich als Abschluß meines Berichts noch sagen, daß ich mir, seit ich sie kenne, keine Sorgen mehr ums Schwulsein mache, aber das brachte ich nicht fertig. Ich wußte nicht, wie ich das in Worte kleiden sollte.
Als ich zu reden aufgehört hatte, legte die Joschi die Strickerei in den Schoß, kratzte sich mit einer Nadel am Kopf und sagte:
»Angeblich ist jeder Mensch irgendwie bi veranlagt. Da ist nichts Außergewöhnliches dabei. Und jetzt ist das ja nicht einmal mehr verboten, außer mit Minderjährigen!« Sie kicherte. »Minderjährig bist du allerdings!«
Ich schaute, glaube ich, ein bißchen gekränkt. Ich fand ihr Gelächter sehr unpassend. Die Joschi merkte das aber nicht. Sie kratzte weiter an ihrer Kopfhaut unter der schwarzen Stoppelfrisur herum und legte dann die Kratznadel auf die Strickerei.
»Übrigens«, sagte sie, »wie der Johannes heißt, weiß ich. Da hättest mich gleich fragen können. Er geht in meine Schule. Müller heißt er. In die sechste geht er. Ein total eingebildeter Schnösel ist er. Riecht nach Parfüm und hat eine Fönfrisur. Und immer edle Klamotten. Ar-

mani und Hechter. Lacoste ist dem zu minder. Und eine Rolex hat er locker am Handgelenk.«
Die Joschi war sich auch ganz sicher, daß es im Hause Muxeneder-Müller keinen Mann beziehungsweise Vater gab.
»Der ist vor Jahren schon weg. Die sind geschieden«, sagte sie. »Ich kann das genau rauskriegen. Eine Freundin von mir hat eine Schwester, die ist einmal mit dem Johannes gegangen!«
Die Joschi versprach mir, gleich am Nachmittag Erkundigungen einzuziehen und mich dann anzurufen. Ich gab ihr meine Telefonnummer. Da es schon dreiviertel zwölf war, steckte die Joschi nicht nur meine Telefonnummer, sondern auch ihr Strickzeug in die Schultasche. »Ich muß Punkt zwölf daheim sein«, sagte sie. »Meine Mutter wartet mit dem Essen. Für den Schulweg gesteht sie mir nur zwölf Minuten zu!«
Wir riefen nach der Serviererin, aber die hatte viel zu tun. So oft sie mit Tassen und Tellern an uns vorbeikam, sagte sie »Komme sofort« oder »Bin gleich bei Ihnen«, doch dann vergaß sie uns wieder und wieselte zu jemand anderem hin. Die Joschi wurde nervös und schaute auf die Uhr. Ich sagte: »Renn los! Ich mach das schon!«
Die Joschi schnappte ihre Schultasche und stand auf. »Danke schön, das ist lieb«, sagte sie, beugte sich zu mir und gab mir einen Kuß auf die Wange, einen sehr gehauchten, sehr zarten, sehr schönen Kuß. Dann lief sie weg. Ich schaute ihr nach, folgte ihr mit meinem Blick bis zur Eingangstür und sah dort, neben dem Verkaufspult, eine versteinerte Erbswurstsuppe stehen.
Leider verharrte die Erbswurstsuppe nicht im versteinerten Zustand. Kaum war die Joschi aus dem Laden, kam sie, so hurtig wie das in einem voll besetzten Lokal mit

eng beieinanderstehenden Tischen nur möglich ist, zu mir her und ließ sich auf Joschis Stuhl plumpsen und sagte anklagend:

»Ich beobachte euch schon zehn Minuten!«

Ich wünschte, die Erbswurstsuppe möge verschwinden, sich in Luft auflösen, in den Boden versinken, wie eine Rakete durch die Decke schießen; jeder Abgang der Person wäre mir recht gewesen. Der sanfte, hauchzarte Joschi-Kuß hatte so ein wundersames Gefühl in mir hinterlassen. Das wollte ich ungetrübt durch irgendwen und irgendwas nachklingen lassen; so lange wie möglich. Die Erbswurstsuppe ließ das natürlich nicht zu. »Daß du so gemein bist, hätte ich nicht geglaubt«, sagte sie. Ihre Augen waren tränenfeucht. Ihr Kinn samt Unterkiefer zitterte.

»So sag doch was!« rief sie, und Tränen kullerten über ihre Wangen, und Kinn samt Unterkinn bibberten, als sei sie viel zu lange in viel zu kaltem Wasser gewesen.

Eine vernünftige, innere Stimme riet mir: Lenk nicht ein! Bleib stur! Dann hast du das Problem der Saison erledigt!

Leider pflege ich auf meine inneren Stimmen selten zu hören. Ich murmelte: »Hab dich nicht so! Es war ja gar nichts!«

Damit hatte ich jede Chance auf einen glatten Bruch vertan. Die Erbswurstsuppe schniefte noch bißchen, borgte sich mein Taschentuch, beschneuzte es und gestand mir, rasend eifersüchtig zu sein, was mit dem ungeheuren Maß an Liebe für mich zusammenhinge. Und sie wisse schon, daß ein Wangenkuß ohne Bedeutung sei, noch dazu, wo nicht ich, sondern das »aufdringliche« Mädchen geschmatzt habe. Sie bat mich, ihr den »Auftritt« zu verzeihen.

Ich sagte gar nichts, und die Erbswurstsuppe nahm mein Schweigen als Vergebung, war wieder zufrieden wie ein frischgewickelter Säugling und erzählte mir von der Schule. Daß die letzte Stunde entfallen sei, nur darum habe sie so unvermutet hier auftauchen können. Und einen Grund für dieses Auftauchen hatte sie auch. Beim Jo war für den Nachmittag, weil seine Eltern verreist waren, eine Party angesetzt. Zu der, solle sie mir ausrichten, sei ich eingeladen.

Ich lehnte ab. Ich müsse lernen, sagte ich.

»Und wenn ich dich ganz schön bitte?« Die Erbswurstsuppe faltete auf Kleinmädchenmanier ihre Patschhände und kuschelte sich an mich. Sie roch nach Eibischzucker und Schweiß und fühlte sich an wie ein Riesen-Marshmallow. Mir wurde ein bißchen speiübel. Ich packte die Serviererin, die gerade vorbeihuschte, an den Schürzenbändern und flehte: »Zahlen, bitte!«

Die Serviererin hatte ein Einsehen und ließ sich Geld aushändigen. Die Erbswurstsuppe schmollte. »Ich hab ja noch gar nichts bestellt«, klagte sie.

»Du kannst ja noch dableiben«, sagte ich. Das lehnte sie natürlich entrüstet ab.

Verbittert marschierte ich – mit der Erbswurstsuppe am Arm – zur Straßenbahnhaltestelle. Kaum daß wir dort waren, kam eine Zuggarnitur. Bummvoll waren die Waggons. Ich ließ der Erbswurstsuppe den Vortritt. Sie erklomm das Trittbrett und boxte sich ins Wageninnere durch. Ich zögerte ein bißchen, weil mir volle Straßenbahnen ein Graus sind, da klappte die automatische Wagentür zu, und die Straßenbahn fuhr ab.

»Besser als nichts«, murmelte ich, kehrte auf den Gehweg zurück und ging zu Fuß nach Hause.

Der Samstag ist bei mir zu Hause ein hektischer Tag. Meine Damen stehen nämlich unter Wochenendstreß. An diesem Samstag nähte Doris an einem grasgrünen Ding herum, an dem angeblich irgend etwas falsch geschnitten war und ihr einen Riesenpopo erzeugte. Den Fehler wollte sie beheben. Mit der Andrea war sie böse, weil ihr die nicht hilfreich beistand. Dabei hätte ihr eine hilfreiche Andrea ohnehin nur den Stoff versaut, denn die Andrea war von den Stirnfransen bis zu den Knöcheln mit weißem Gatsch beschmiert. Der sollte Hautunreinheiten den Garaus machen.
Die Mama telefonierte. Sie hat immer Angst, am Wochenende nicht »ausgelastet« zu sein. Dadurch ergibt es sich dann, daß sie jedes Wochenend »überlastet« ist. Soweit ich es den Telefongesprächen entnehmen konnte, versuchte sie einmal Theater, zweimal Kino, dreimal Tennis und viermal Kaffeehaus-Tratsch zu arrangieren.
Die Oma war am Wäschewaschen. Sie hatte die Familiendreckwäsche in neun Binkel sortiert und stritt mit Tante Truderl herum, weil diese angeblich eine Leib- und-Bettwäsche-Verschwenderin ist.
»Dreimal am Tag die Unterhose und zweimal in der Woche die Kissenbezüge zu wechseln, das ist nicht hygienisch, sondern ein Tick!« rief sie.
Tante Truderl rief, daß sich die Oma ja nicht um ihre Wäsche zu scheren brauche. Die Oma keifte, daß ohne ihre Waschsamstage das Haus vor Dreckwäsche platzen würde, und Tante Truderl keifte, das sei nun der Tick der Oma, daß sie meine, ohne ihre Haushaltsoberaufsicht laufe nichts. Worauf die Oma brüllte: »Werd nicht frech!« Und Tante Truderl brüllte: »Ich bin nicht mehr im Alter, wo man frech sein kann!« Dann mischte sich

Tante Lieserl in den Streit. Sie kam aus der Küche, wo sie Zimtsterne für die Geburtstagsfeier ihrer Freundin backte, und ersuchte die zwei, etwas leiser zu streiten, weil sie das Gebrüll nervös mache und ihr deswegen schon die zweite Ladung Zimtsterne verkohlt sei. Hierauf keiften die Oma und Tante Truderl in neuer Einigkeit auf Tante Lieserl los, weil sie es empörend fanden, für Tante Lieserls hundsmiserable Kochkenntnisse die Verantwortung aufgehalst zu bekommen.

In der Küche stank es tatsächlich sehr verkohlt. Und ein Berg schwarzer sternförmiger Keksasche war auf dem Küchentisch. Ich nahm einen Teller mit der Zimtsternasche und wollte in mein Zimmer. Auf dem Weg dorthin kam ich an der telefonierenden Mama vorbei. Sie entriß mir den Teller und murmelte irgendwas von krebsgefährlicher Asche. So ging ich in die Küche zurück und nahm mir vom kleinen Berg ordentlicher Sterne. Tante Lieserl, die gerade zurückkam, bedrohte mich deshalb mit dem Nudelwalker.

Als ich zum zweitenmal am Telefon vorbei wollte, sah ich, daß die Mama emsig von der krebserregenden Asche aß.

»Leg langsam auf«, sagte ich zu ihr. »Ich wart nämlich auf einen Anruf!«

Die Mama tippte sich entrüstet mit einem Zeigefinger ans Hirn und mauschelte – mit vollen Backen – weiter in den Hörer.

»Du hast sowieso einen eigenen Apparat in deinem Zimmer«, sagte ich. »Warum mußt du dauernd unsere Leitung blockieren?«

Die Mama gewahrte die tadellosen Zimtsterne in meiner Hand und grapschte nach ihnen.

»Friß mir nicht mein letztes weg!« rief ich und barg

meine Nahrung an der Brust. »Wenn du schon nicht kochst für mich, beraub mich nicht noch!«
Die Mama trat mir gegen das rechte Schienbein, ich ließ vor Schmerz die Keksbeute fallen und humpelte fluchend weg. Die Kurve zur Treppe hin nehmend sah ich, daß die Mama nun auf dem Boden hockte und unerhört hurtig Kekse in sich hineinstopfte.
Als ich in mein Zimmer kam, merkte ich gleich, daß da jemand gewesen war. Auf dem Boden war keine einzige Schallplattenhülle und keine Zeitschrift. Auf meinem Schreibtisch war aller Kram zu Stößen gestapelt. Sogar die Hausschlapfen standen, artig geradeaus gerichtet, vor dem Bett. Sämtliche Laden und Schranktüren waren geschlossen, und meine verstreuten Klamotten waren verschwunden. Dazu stank es noch nach Zitronensalmiak-Putzmittel. Ich hob die Bettdecke. Natürlich! Der volle Aschenbecher und die verschneuzten Papiertaschentücher waren auch nicht mehr unter dem Bett.
»Wer war das?« brüllend, stürmte ich aus meinem Zimmer.
»Warst du das?« brüllend, betrat ich das Wohnzimmer, wo Tante Fee, mit der TV-Fernbedienung in der Hand, darauf wartete, daß das Nachmittags-Kinderprogramm endlich beginnen möge.
»Gar nichts war ich«, beteuerte die Tante. »Was soll ich denn gewesen sein?« fragte sie.
»Das Schwein, das mein Zimmer poliert hat!« rief ich.
»Verdammt noch einmal, red nicht so von mir«, sagte die Oma und kam ins Wohnzimmer. »Das Schwein bist *du*! Zwei Eimer Dreck hab ich aus deiner Rumpelkammer geschleppt!«
»Es ist ausgemacht, daß keiner bei mir zusammenräumt«, brüllte ich.

»Es ist ausgemacht, daß du selber bei dir zusammenräumst!« brüllte die Oma.
»Der Dreck in meinem Zimmer geht nur mich was an!« schrie ich.
»Da dein Zimmer in meinem Haus ist, geht er auch mich was an«, schrie die Oma.
Nichts ist fieser und mieser, als mit Eigentumsansprüchen zu argumentieren! Was aber die alte Schachtel letzten Endes immer tut! Wenn sie mit der Mama oder den Tanten so redet, ist das schon gemein genug, aber die verdienen wenigstens Geld und sind erwachsen und könnten, wenn sie echt wollten, ausziehen. Doch mir unmündigem Wurm so zu kommen, ist mehr als unanständig. Daher bestrafte ich sie mit meinem gefürchteten Urschrei, der mir diesmal so markerschütternd gelang, daß er die gesamte Belegschaft des Hauses ins Wohnzimmer trieb. Wenn ich am Wutschreien bin, kann ich nicht hören, was die anderen reden, dann sehe ich sie nicht einmal richtig, alles ist in mir auf den Schrei konzentriert. Erst als kein Fuzerl Luft mehr in mir war und der Schrei langsam ausklang, nahm ich die Damenrunde wieder wahr. Die Oma sagte: »Das Kind gehört doch behandelt!« Doris sagte: »Eine Watschen tät es auch!« Andrea sagte: »Das können nur die Nerven sein!« Die Mama sagte gar nichts, und Tante Fee zeigte den anderen ihre zitternden Hände und greinte: »Immer wenn er so schreit, werd ich ganz bibberig! Ich glaub, mein Blutdruck steigt auf dreihundert!«
Nur Tante Truderl hatte Verständnis für mich. Wahrscheinlich, weil sie mit der Oma den Wäschestreit gehabt hatte. Sie legte einen Arm um meine Schultern und flüsterte mir zu: »Da kannst nichts machen! Sie ist alt und stur!«

Die Oma mag ja alt und stur sein, aber schwerhörig ist sie nicht. »Sag das ruhig laut!« rief sie. Und Tante Truderl wiederholte das Geflüsterte in Zimmerlautstärke. Und die Oma zieh sie wieder der Frechheit. Und Tante Truderl sagte, sie verwahre sich gegen das »Frechsein«, eine vierzigjährige Frau, egal was sie sage, sei nicht »frech«. Die Oma solle sich ihre »Alt-Patriarchen-Art« schleunigst abgewöhnen. Die Mama und Tante Lieserl gaben Tante Truderl recht. Die Art der Oma, sagten sie, entrüste sie auch! Doris und Andrea schlugen sich, wahrscheinlich nur, weil es indirekt gegen mich ging, auf die Seite der Oma.

Wie der Streit ausging, weiß ich nicht, weil das Telefon klingelte und ich zu diesem hinwieselte. Ich hob ab, und eine Stimme, die ich zuerst gar nicht als die Joschi-Stimme erkannte, sagte: »Bitte, ich möchte den Wolfgang sprechen!«

»Der ist am Apparat«, sagte ich.

»Fein! Ich hab schon gedacht, die Nummer ist falsch, weil dauernd besetzt war!« Jetzt erkannte ich die Joschi-Stimme.

»Hast du etwas erfahren?« fragte ich.

»Eine ganze Menge«, sagte die Joschi, und ich bekam Herzklopfen. So einfach ist es schließlich nicht, einen toten Motorradfreak gegen ein lebendes Exemplar von Vater auszutauschen. Ich versuchte meiner Stimme einen lockeren Klang zu geben.

»Na, gibt's ihn oder nicht?« fragte ich.

Obwohl ich sonst in familiärer Öffentlichkeit nie rauche, nahm ich die Zigarettenschachtel, die neben dem Telefon lag und holte mir eine Zigarette heraus. Ich sog tief Rauch ein und harrte beklommen auf das, was die Joschi zu berichten hatte. Doch die berichtete nicht, sondern sagte: »Du, das ist eine lange Geschichte, und ich bin im Telefonhüttel, weil ich nicht wollte, daß sie bei mir zu Haus wissen, daß ich das jemandem erzähl, sonst fragen sie blöd. Und ich hab keinen Schilling mehr. Und kein Geld zum Wechseln. Können wir uns nicht wo treffen?«

Ich hätte mich gern mit der Joschi im Muxeneder oder sonstwo getroffen, aber mein Taschengeld war alle, und die Mama um Vorschuß bitten wollte ich nicht. Weil ein absoluter Sonnentag war und unser Garten so groß ist, daß man dort ungestört wo sitzen kann, bat ich die Joschi, sie möge zu mir kommen.

Als ich das Telefongespräch beendet hatte, waren meine Hausdamen mit ihrem Streit auch schon fertig und wieder versöhnt. So was geht bei uns zu Hause schnell. Lang sind die Weiber nie miteinander verfeindet.

Ich erwartete die Joschi am Gartentürl. Und hätte ich geahnt, welches Aufsehen sie bei meiner Familie erregte, hätte ich die Mama doch lieber um Geld angepumpt und wäre mit der Joschi in ein Lokal gegangen. Ganz aus dem Häuschen waren alle sieben Stück! Bisher hatten sie ja bloß die Erbswurstsuppe bei mir gesehen. Und die nahmen sie nicht als »Freundin«, sondern als Schulkollegin.

Ich hatte zum Gartentisch zwei Gläser und eine Schale mit Eiswürfeln getragen und zwei Colaflaschen dazugestellt. Kaum hatte ich die Joschi zum Gartentisch geführt, und kaum hatten wir uns gesetzt, und kaum hatte die Joschi ihr lausgraues Strickzeug ausgepackt, tauchte der Kopf von Tante Fee zwischen den Jasminblüten auf.

»Grüß Gott, grüß Gott, mein kleines Fräulein«, sagte sie und inspizierte die Joschi von Kopf bis Fuß. Und zu mir

sagte die Fee: »Olferle, du mußt deinem Besuch was aufwarten!«
Ich winkte unwillig ab. Tante Fees Kopf verschwand wieder zwischen den Jasminstauden, doch drei Minuten später kam sie mit einer Schachtel Konfekt und vier Tafeln Schokolade daher, legte das Zeug auf den Gartentisch und meinte: »Das kleine Fräulein kann ja ruhig zulangen, das hat ja sicher keine Angst, dick zu werden!« Dann machte sich Tante Fee an den Tulpenbeeten zu schaffen, die garantiert keiner Betreuung bedurften. Und meine zwei verehrten Schwestern gesellten sich zu ihr und schauten nach, ob auch genügend Regenwürmer in der Erde waren. Bisher habe ich noch nie erlebt, daß sich die Doris und die Andrea auch nur einen Deut um Gartendinge scheren. Und aus dem Wohnzimmerfenster glotzten das Truderl und das Lieserl. Und die Oma war als Schattendracula hinter der Küchengardine zu ahnen. Ob auch die Mama irgendwo auf der Lauer lag, war mir nicht klar. Als dann noch Doris von der Bestandsaufnahme des Regenwurmvorrats abließ und zu mir und der Joschi herkam und sich erkundigte, wo man denn so schöne, weiche Wolle zu kaufen kriege und wieviel fünf Deka davon kosten, riß mir die Geduld. Ich nahm die beiden Colagläser und flüchtete mit Joschi ganz nach hinten in den Garten bis zum hinteren Zaun, zur Ribiselhecke.
»Du hast eine erstklassige family«, sagte die Joschi. »Lauter lockere Typen!« Ich lächelte gequält. Vor allem deshalb, weil die Doris und die Andrea nun den hinteren Teil des Gartens nach Regenwürmern inspizierten und Tante Fee sich mit einer Schere an der Ribiselhecke zu schaffen machte; wo sie doch immer behauptet, Hekken dürfe man nur im Spätherbst stutzen!

Tante Truderl und Tante Lieserl waren plötzlich auch im Garten. Sie stellten Liegestühle auf und riefen einander zu, daß die ersten Frühlingssonnenstrahlen doch die schönsten seien. Dabei schielten sie dauernd zu mir und der Joschi her. Nicht einmal der Oma war es zu blöd! Mit Schauferl und Miniharke kam sie gewieselt und verkündete lauthals, es wäre hoch an der Zeit, die Schnittlauchstöcke zu teilen, auf das sie sich vermehren. Doch damit nicht genug! Die Joschi hatte gerade erst zwischen den Ribiseln an meiner Seite Platz genommen und leise gesagt: »Also, paß auf!«, da lehnte sich der Axel über den Zaun.
»Grüß Gottchen, grüß Gottchen«, sagte er. »Ich bin gerade auf dem Weg zur Party!«
Daß der Axel den schmalen, brennesselverbrämten Hinterweg benutzte, war sonderbar. Die Vermutung, er habe von seinem Fenster aus quer durch die Nachbargärten die Joschi erblickt und sei neugierig geworden, ist nicht unbegründet.
»Geht ihr auch zum Jo?« fragte der Axel. Dabei schaute er andächtig die Joschi an.
»Wir haben etwas zu bereden«, sagte ich ablehnend.
Das hätte mir noch gefehlt! Die Joschi und die Erbswurstsuppe auf ein und derselben Fete. Außerdem hatte ich Angst, der Axel oder ein anderer meiner Schulkollegen könne der Joschi besser gefallen als ich.
Der Axel beugte sich so weit wie ihm möglich, über den Zaun, zur Joschi hin, und pries – recht übertrieben – das bevorstehende Partyvergnügen. Mit dem geheizten Swimmingpool vom Jo gab er an und mit dem Holzkohlengrill und mit der Papa-Jo-Bar. Er deutete an, daß der Egon etwas zum »Rauchen« mitbringen werde; womit er natürlich keine normalen Zigaretten meinte. Ich

merkte, daß die Joschi Interesse an der Party bekam. Unwillig schnauzte ich den Axel an: »Geh, hör auf! Dauernd heißt es, einer stellt was auf, und dann kommt es nie dazu!«
Der Axel widersprach. Reiner Zufall sei es, behauptete er, daß ich gerade nie auf den Feten gewesen sei, wo sich alle ganz »irre« eingeraucht haben. Und auf der heutigen Jo-Party werde es sogar einen Hasch-Kuchen geben! Ich lachte Hohn! Diese berühmten Kuchen kenne ich nämlich zur Genüge! Sie werden von der Mutter der Marion – die keine Ahnung hat, was sie da erzeugt – gebacken, und der Hanf, den sie für ein komisches Gewürz hält, der wächst unter einem Blaulicht auf dem Fensterbrett vom Burli-Beier. Bis zu fünf Stück von dem grauslichen Gugelhupf habe ich schon gemampft, high bin ich davon nicht geworden, nur Magenzwicken habe ich bekommen.
Ich sagte dem Axel, daß mir alle Haschkuchen und Joints der Welt gestohlen bleiben können und daß ich auf die Party verzichte. Da wendete sich der Axel zur Joschi. »Laß das fade Stück hocken«, lockte er sie. »Und geh mit mir, Sweety!«
Das war nun wahrlich der Gipfel. Das verstieß gegen alle Anstandsregeln, die man bei der Brautschau einzuhalten hat. So drohend, wie ich nur konnte, schaute ich den Axel an, aber der scherte sich nicht darum und redete weiter auf die Joschi ein. Und Psychologe, der er ist, setzte er den Hebel sofort an der richtigen Stelle an. Er sprach nur noch vom Haschkuchen und vom Gratis-Kitt, den der Egon aufstellen werde. Die Joschi bekam Glitzeraugen, und mir wurde weh zumute. Ich bin keine Kämpfernatur. Okay, dachte ich, wenn ihr der verdammte Shit wichtiger ist als ich, soll sie ziehen! Wenn

sie sich nicht vorstellen kann, daß ich auf ihren Bericht wie der Hund auf den Knochen warte, soll sie abhauen! Halten kann ich sie ja nicht! Aus einem Wangenkuß und drei häßlichen Pulloverreihen lassen sich keine Besitzansprüche ableiten!
»Na, geh mit ihm, wenn du willst«, sagte ich vergrämt.
Die Joschi lächelte dem Axel zu. »Wir haben echt was zu bereden«, sagte sie. »Vielleicht kommen wir später hin.«
Der Axel startete noch ein paar Überredungsversuche, dann zog er ab. Die Joschi schaute ihm nach. Ich meinte, bedauernden Verzicht in ihrem Blick zu sehen.
»Ein lustiger Knabe«, sagte sie.
»Ein geiziger, gieriger, kleinlicher Freak«, sagte ich.
»So schaut er gar nicht aus«, sagte die Joschi.
»Keiner schaut aus, wie er ist«, sagte ich.
Da jetzt der Axel nicht mehr zu sehen war, wendete die Joschi ihre Aufmerksamkeit wieder dem lausgrauen Strickzeug zu und merkte, daß ihr eine Masche von der Nadel gefallen war, und jammerte nach einer Häkelnadel, um die Masche hochzuholen. Ich nahm ihr die Strikkerei weg. Im Maschenhochholen bin ich einsame Spitze. Auch ohne Häkelnadel. Die Oma und die Tanten wenden sich immer an mich, wenn irgendwelche Maschen etliche Reihen zu weit unten baumeln.
Während ich die Masche dorthin brachte, wo sie hingehörte, erzählte mir die Joschi, was sie von der ehemaligen Johannes-Freundin erfahren hatte:
Der Johannes Müller senior hatte andauernd Freundinnen gehabt, das hatte seine Frau, die Chefin, gestört. Sie hatte sich scheiden lassen. Und er ging nach Griechenland. Im Sommer arbeitete er als Kellner in einem Touristenlokal. Was er im Winter tat, ist ungewiß. Nach etli-

chen Jahren kam er zurück, machte ein Griechisch-Dolmetscher-Diplom und übersetzte für griechische Gastarbeiter Dokumente und vertrat sie bei Gericht oder sonstwo, wo sie einen brauchten, der für sie verhandeln konnte. Vor zwei Jahren hatte er genug davon und mietete sich in einem Bauernhaus im Waldviertel, in Gfurt, einem kleinen Nest, ein. Dort übersetzt er für ein paar Exportfirmen geschäftliche Angelegenheiten ins Griechische oder aus dem Griechischen. Und der Johannes junior war ihn dort nur zweimal besuchen, weil er nicht weiß, was er mit so einem Mann anfangen soll. Einmal war die Schwester von Joschis Freundin mit, und die fand den Johannes Müller senior ebenfalls sehr merkwürdig. Direkt verlottert! Sie erzählte zu Hause, man könnte diesen Menschen als »Aussteiger« bezeichnen, bloß sei er ja nie ein »Einsteiger« gewesen, darum stimme die Bezeichnung nicht ganz.

»Bist du jetzt enttäuscht?« fragte mich die Joschi. Ich schüttelte den Kopf. Etwas Besseres, fand ich, war gegen den Harley-Davidson-Papa gar nicht einzutauschen.
»Und welche Konsequenzen ziehst du?« fragte die Joschi.
»Gar keine, vorerst«, sagte ich.
»Wozu dann das Ganze?« fragte die Joschi.
»Wissen ist Macht«, sagte ich.
Die Joschi starrte mich ziemlich lange, ziemlich aufmerksam an, dann rollte sie den lausgrauen Strickfleck über der Nadel zu einer dicken Wurst und sprach: »Dann könnten wir ja eigentlich wirklich zu dieser Fete gehen, oder?«
Ich wollte ihr Gegenargumente vortragen, doch da ka-

men die Tante Truderl und die Tante Lieserl zu uns her, und die Tante Truderl säuselte:
»Wir haben den Gartentisch für die Jause gedeckt!«
Die Tante Truderl machte dazu einladende, wegweisende Gesten.
Soweit ich mich entsinnen kann, wurde bei uns die letzte »Jause« zur Einführung von Tante Lieserls Fleischer in die Familie begangen. Ich sprang auf und zog die Joschi hoch.
»Danke, nein, bitte!« rief ich. »Wir müssen zu einer Party! Wir sind ohnehin schon zu spät dran!«
Bevor ich die Joschi einer Familienjause auslieferte, ließ ich mich noch lieber auf einen Zusammenprall Joschi–Erbswurstsuppe und einen Minne-Kampf mit dem Axel ein.
»Aber komm nicht spät heim«, rief mir Tante Truderl nach, als ich mit der Joschi schon beim Gartentürl war. »Wir müssen heute noch Mathe lernen!«
Ich nickte und murmelte: »Aufdringliche Kuh, die!«
Die Joschi meinte, ich sei ungerecht. Wenn sie so eine nette Familie hätte, würde sie sich alle zehn Finger zehnmal abschlecken. So ähnlich reden alle meine Freunde. Der Harri und der Florian auch. Aber die haben ja alle keine Ahnung!

6. Kapitel

welches ziemlich triste ausfällt, weil es von zwei Horrortrips, einem freizeitlichen und einem schulischen, berichtet.

Die Fete beim Jo war ein Reinfall auf allen Linien. Als ich mit der Joschi hinkam, waren der Egon, der Gustl und die Marion bereits stockbesoffen. Sie hatten ab Mittag dem Jo bei den Partyvorbereitungen geholfen und dabei andauernd Bacardi-Cola gesüffelt. Nun lagen sie am Swimmingpool im zarten Frühlingsgras und wirkten reif für den Abtransport in die Intensivstation. Der Harri und der Florian, auch nicht mehr ganz nüchtern, liefen mit einem Schmetterlingsnetz um den Pool herum und versuchten, grausliche Bröckerln aus dem Wasser zu fischen. Die Marion hatte nämlich in den Pool gekotzt. Die Anette, der Axel und der Niki saßen rauchend am Terrassentisch. Zu dritt an einer Zigarette rauchten sie, und an der Art, wie sie den Glimmstengel hielten und ihn bedeutungsvoll weiterreichten, merkte ich, daß sie sich einrauchten.

Ich wollte mich ihnen gar nicht nähern, aber die Joschi winkte dem Axel zu, und der hob, matt wie ein schlagflüssiger Opa, eine Grußhand, und die Joschi ging zu ihm hin und setzte sich auf den freien Stuhl zwischen ihm und der Anette. Die Anette hatte gerade den Joint in der Hand, schön brav verkehrt herum, wie sich das für einen armen Hascher ziemt. Sie tat mit geschlossenen Augen einen Zug und reichte den Joint der Joschi. Am Terrassentisch wäre noch ein Platz frei gewesen, aber ich ver-

zichtete auf die Teilnahme an der Sitzung und ging ins Haus.
Im Wohnzimmer waren vier aus unserer Parallelklasse, die ich kaum kannte. Sie tanzten zu miesem Disko-Sound. Ich legte mich auf die Lederbank beim TV. Von dort hatte ich durch das große Fenster Ausblick auf die Raucherrunde. Viel zu beobachten gab es nicht. Der Joint war fast aufgeraucht. Die Anette klemmte den Stummel in eine Haarklammer, um sich nicht die Finger an ihm zu verbrennen, und tat einen letzten Zug. Dann schnipste sie den Stummel aus der Haarklammer und trat ihn aus. Ob sie einen neuen Joint anzündeten, sah ich nicht mehr, weil der Harri und der Florian ins Wohnzimmer kamen. Sie setzten sich zu mir und verstellten mir die Sicht. Beide hatten Bacardi-Cola-Drinks, beide kicherten blöde.
»Ist die Erbswurst gar nicht da?« fragte ich.
Das sei ja der Grund für ihre Heiterkeit, teilten mir der Harri und der Florian mit. Die Erbswurstsuppe hocke in der Küche, streiche Brote und jammere, daß der Wolfi aus Lerneifer nicht kommen werde, daß sie eine arme Strohwitwe sei, der die ganze Fete keinen Spaß mache.
»Das wird ein Auftritt«, wieherte der Harri, »wenn die merkt, daß du da bist und nicht allein gekommen bist!«
»Die springt in den Kotze-Pool«, gluckste der Florian.
Und der Harri beugte sich glasigen Blickes über mich, deutete zur Terrasse hin und fragte: »Wer ist denn die? Gehst mit ihr?« Und der Florian fragte und lallte dabei ein bißchen: »Wieso hältst denn die geheim vor uns, he? Hast Angst, daß ich sie dir wegschnapp?«
Am liebsten wäre ich heimgegangen. Zwei betrunkene Freunde und eine Freundin, die sich einraucht, fand ich frustierend. Ich bin wirklich kein alter Oberlehrer und

kümmere mich nicht darum, wie andere Leute zu ihrem Glück kommen, bloß habe ich bis jetzt noch keinen erlebt, der unter Drogeneinfluß gut auszuhalten ist. Die Alkoholfreaks grölen und lallen und kotzen, und die Hascher lassen die Jalousien komplett herunter und werden so mitteilsam wie ein gipserner Gartenzwerg und so ansprechbar wie ein Gußeisenofen. Angeblich tut sich ja inwendig in den Giftlern allerhand, nur kapier ich nicht, warum sie dann gerade Partys als Start für die Trips nehmen. Ein Fest ist dazu da, daß man gemeinsam Spaß hat. Einer, der bis oben zu ist, egal ob vom Schnaps oder vom Shit, der hat mit niemandem mehr Spaß, und kein anderer hat Spaß an ihm. Der einzige Spaß, den sie – für mich sichtbar – haben, ist der, daß sie hinterher im grauen Schulmief pausenlang davon reden, wie »im Öl« und wie »high« sie gewesen sind, und mit jedem Tag, der vergeht, verdoppeln sich die Alkoholmengen und die Joints. Doch laut und unter Freunden kann ich das alles nicht sagen, sonst gelte ich als Spaßverderber und Mutter-Bubi. Ein paarmal habe ich versucht, dem Harri und dem Florian dezent meine Meinung zu sagen, aber da bin ich nicht angekommen. Sie haben behauptet, ich »traue« mich bloß nicht; darum sei ich so sauer. Dabei hat das nichts mit »trauen« zu tun. Einmal habe ich ja auch, ich hab bereits davon erzählt, von so einem verdammten Haschkuchen gefressen. Nur war da nichts außer Magenzwicken. Mein Verdacht ist nämlich der, daß bloß die Hälfte von dem Zeug, das zum Gifteln auf Partys kursiert, echt ist. Aber das nehmen mir der Harri und der Florian auch nicht ab. Sie meinen, bei mir zeige das Zeug deswegen keine Wirkung, weil ich mich »sperre«, innerlich zur Wehr setze; was ein Unsinn ist, denn bei Tante Lieserls letzter Geburtstagsfeier habe ich drei Gläser Sekt getrunken und mich innerlich enorm gegen den Schwips zur Wehr gesetzt, aber das hat nichts geholfen. Durchs Haus bin ich geschlingert wie ein seekranker Dampferpassagier, und die Mama hat mich ausziehen und ins Bett legen müssen, weil ich die Badewanne mit meinem Bett verwechselt hatte und partout in der Wanne schlafen wollte.

Während der Harri und der Florian blöd auf mich einkicherten, überlegte ich mir, wie ich ohne viel Aufsehen die Flucht ergreifen könnte, doch da hörten die Tänzer zu tanzen auf, und der Jo kletterte durchs Fenster herein und jammerte, daß er nie mehr eine Party werde steigen lassen, weil neunzig Prozent seiner Gäste meschugge seien, überall Mist herumliege, und vier Gläser seien auch schon zerbrochen, die Tapete in der Küche habe braune Spritzer abbekommen, ein Volltrottel habe im Mikrowellenherd ein Ei grillen wollen, und nun sei das Ei zerplatzt und der ganze Herd versaut, und bis Montag früh müsse der Schaden behoben sein, und wie er das schaffen solle, wisse er nicht. Dann kam die Erbswurstsuppe mit einem Teller Brote ins Zimmer. Sie sah mich, schrie verzückt »Wolfi«, verdrängte den Harri und den Florian von meiner Seite, wummerte sich neben mich aufs Sofa und flötete mir ins Ohr, daß sie glücklich sei, mich zu sehen und daß sie verzweifelt eine Stunde lang bei mir zu Hause angerufen habe, aber nur das Besetztzeichen sei zu hören gewesen. Sie säuselte noch allerhand anderes, doch das konnte ich nicht mehr verstehen, weil im Garten draußen ein Irrsinnsgebrüll anhob. Der Jo lief zum Fenster und fluchte. Seinen Verwünschungen und Klagen war zu entnehmen, daß der Oskar, einer aus der Parallelklasse, den Gartenschlauch ent-

deckt hatte und die anderen bespritzte. Und die Bespritzten ergriffen die Flucht und trampelten dabei kreuz und quer durch die Beete und Rabatten und achteten der sprießenden Tulpen, Narzissen und Märzenbecher nicht.
»Helft mir die Deppen bändigen«, flehte der Jo.
Niemand zeigte sich besonders willig. Dann klingelte das Telefon, und einer von denen, die vorher getanzt hatten, hob den Hörer ab. »Weißes Haus, Ronald Reagan himself«, sagte er in den Hörer. Alle außer mir und dem Jo lachten. Der, der sich für Reagan ausgab, lauschte ein wenig in den Hörer und sprach dann: »Sie alter Affe, Sie! Regen Sie sich bloß ab!« Der Jo entriß ihm den Hörer und knallte ihn auf die Gabel.
»Spinnst?« brüllte er. »Der beschwert sich doch bei meinen Alten!«
»Sorry«, sagte der Ronald Reagan schuldbewußt.
Der Jo lief wieder zum Fenster. Das Geschrei im Garten wurde immer lauter. »Diese Trotteln! Das geht doch nicht!« stöhnte er. Ich erhob mich vom Sofa, ging zum Jo und sagte: »Ich geh mit dir. Irgendwie werden wir die Deppen schon beruhigen!«
Wir stiegen durchs Fenster. Am Terrassentisch waren nur noch der Axel und die Joschi. Der Axel hatte einen Arm auf Joschis Schultern liegen. Versonnen wie ein altes Ehepaar hockten sie da und schauten der Spritzschlacht zu, als sei die eine TV-Show.
»Axel, komm mit uns, wir müssen die beruhigen, wirklich!« bat der Jo. Aber der Axel schüttelte den Kopf. Nie im Leben, erklärte er, nähere er sich so einer irren Wahnsinnsmeute!
»Aber sie machen alles kaputt! Meine Alten drehen durch, wenn sie heimkommen!« Der Jo war echt ver-

zweifelt. Der Axel zuckte ungerührt mit den Schultern. »Dein Problem, Bruder in Christo«, murmelte er.
Die Joschi stand auf. »Dreh ihnen doch einfach das Wasser ab«, sagte sie. Der Jo schaute dankbar und rannte los, Richtung Wasserhahn.
»Du Wiffzack«, sagte der Axel anerkennend zur Joschi. »Du bist ein Mensch mit Sinn für das Reale!«
»Komische Freunde hast du«, sagte die Joschi zu mir.
»Ich wollt ja nicht hergehen, du wolltest ja«, sagte ich. Ich schaute die Joschi aufmerksam an. Sie schien mir ganz normal, gar nicht drogenbeeinflußt. Diesen Zustand wollte ich aufrechterhalten. »Komm, gehn wir weg«, sagte ich. »Da wird ja nichts mehr.«
»Wir sollten ihm helfen, soviel in Ordnung zu bringen wie möglich, glaubst nicht?« fragte die Joschi.
Ich überblickte das Stück Garten vor der Terrasse. Es schaute schrecklich aus. Der Boden war ein einziger Matschfleck. Um den Swimmingpool herum waren tiefe Wasserlachen. In einer saß, mit schwankendem Oberkörper und quittengelbem Gesicht, die Marion. Der Egon und der Gustl krochen auf allen vieren gerade vom Pool weg. Und der Oskar mit dem Gartenschlauch und seine Gegner waren jetzt ein kreischender, sich balgender Haufen am Zaun zum Nachbargarten, zwischen den blühenden Spalierbäumen. Der Gartenschlauch ringelte sich im vermatschten Gras. Wasser rann keines mehr heraus.
Der Jo kam zu uns zurück. Er war den Tränen nahe. »Was soll ich denn tun?« fragte er und biß an den Nägeln seiner rechten Hand herum.
»Rauswerfen!« sagte die Joschi. Sie rief zum Wohnzimmerfenster hin, wo der Florian, der Harri, die Erbswurstsuppe und die vier Tänzer standen und interessiert die

Hälse nach dem kämpfenden Menschenknäuel reckten: »Schaut nicht so blöd! Kommt raus! Helft uns!«
Zögernd stiegen der Harri und der Florian aus dem Fenster. Und der eine Tänzer folgte ihnen. Die Joschi zeigte zu den Fightern: »Wir werfen sie raus«, sagte sie.
»Wie denn?« Der Harri glotzte zu den Spalierbäumen hin. Er eignet sich nicht für Schlachten. Das weiß ich seit dem Kindergarten. Sooft er in einen Kampf reingekommen ist, ist er gerannt wie ein Weltklassesprinter.
Der eine Tänzer knöpfte die Hose auf und ließ sie fallen.
»Die ist nämlich mein bestes Stück«, sagte er. »Die laß ich mir nicht versauen.« Er stieg aus der Hose und legte sie auf den Gartentisch.
»Dann ran an den gordischen Knoten«, sagte der Florian. Er wollte von der Terrasse springen, wir wollten hinter ihm her, doch da rief der Jo: »Oh, verdammt und verbieselt!« Er schaute zur Gartentür hin. Ein großer alter Herr und eine kleine alte Dame schritten im Eiltempo auf das Haus zu.
»Meine Großeltern«, sagte der Jo.
Die schreitenden Großeltern schauten bitterböse.
»Was tu ich denn jetzt?« Der Jo wimmerte richtig.
Keiner von uns wußte eine Antwort.
Zuerst sah es so aus, als wollten die bitterbösen Großeltern direkt auf die Terrasse zu, doch knapp bevor sie bei uns waren, änderten sie die Richtung, der Großvater packte einen Stecken, der am Boden lag, und stürmte zu den Spalierbäumen hin. Die Großmutter wieselte hinter ihm her. »Aufhören, sofort aufhören«, brüllte der Großvater und schwang den Stecken.
»So etwas habe ich ja noch nie erlebt«, kreischte die Großmutter. Sie überholte den Großvater hurtig, fast wäre sie dabei auf dem gatschigen, matschigen Boden

ausgerutscht. Sie schnappte sich den Gartenschlauch, packte ihn gut einen Meter hinter der Spritzdüse und schwang ihn wie eine Reitpeitsche.

»Auseinander!« kreischte sie und ließ die Gartenschlauchpeitsche sausen. Wer vom Schlag getroffen wurde, war von meinem Standplatz aus nicht zu erkennen, jedenfalls hörte das Gerangel auf, der Kampfknäuel entwirrte sich, vier Knaben und drei Mädchen, alle total verdreckt und verschmiert, saßen oder lagen bei den Spalierbäumen herum und starrten mauloffen die Jo-Vorvorderen an. Die Anette rappelte sich als erste hoch, putzte Dreck von den Beinen und sagte:

»Aber bitte, wir haben doch nur Spaß gemacht!«

»Raus! Sofort alle raus! Verlaßt das Grundstück!« brüllte der Großvater.

»Wer in zwei Minuten noch zu sehen ist, wird der Polizei ausgeliefert«, kreischte die Großmutter und wachelte drohend mit ihrem Peitschenschlauch. Sowohl am linken als auch am rechten Nachbarzaun standen jetzt komplette Familien und nickten wohlgefällig.

»Sollen wir bei dir bleiben oder gehen?« fragte ich zögernd den Jo.

»Geht besser«, murmelte der Jo, ohne die Finger, an deren Nägeln er herumbiß, aus dem Mund zu nehmen.

»Sollen wir dir nicht beistehen?« fragte die Joschi.

»Mir kann keiner beistehen!« Der Jo biß jetzt nicht mehr Nägel, sondern Fingerknöchel. Die Joschi schaute sich nach ihrer Strickzeugtasche um, entdeckte sie an der Terrassenmauer, holte sie, packte mich am Arm und sagte:

»Du, er hat recht. Sich da einmischen geht nicht. Da wird alles noch schlimmer!«

Ich nahm die Hand, die mir die Joschi bot, und wir marschierten ab. Knapp vor dem Gartentürl blickte ich mich schnell um. Das Bild, das sich mir bot, schien einem konfusen Traum entnommen. Die Marion saß noch immer, mit dem Oberkörper schwankend, am Pool. Der Gustl und der Egon wankten mit Hängeschädeln im Kreis herum. Die verdreckten Kämpfer schlichen dem Haus zu. Der Großvater hatte sich den Burli-Beier gepackt und beutelte ihn – stellvertretend für die ganze Clique – am Kragen. Die Nachbarn glotzten. Die Großmutter kniete am Tulpenbeet und versuchte, eine geknickte Tulpe aufzurichten. Die auf der Terrasse standen stocksteif und schauten gebannt zum Großvater hin. Nur die Erbswurstsuppe starrte hinter mir und der Joschi her.

Bis es dunkel wurde, ging ich mit der Joschi spazieren. Die Joschi zerbrach sich andauernd den Kopf, wie dem armen Jo zu helfen sei. Weil ich auf dieses Thema nicht so recht einsteigen wollte, machte sie mir Vorwürfe. Ob ich mir denn nicht vorstellen könne, was der »arme Hund« von seiner Familie zu erwarten habe? Ganz ehrlich gesagt, das konnte ich eigentlich nicht. Ich habe ja schließlich keine peitschenschwingende Großmutter.

»Eben!« sagte die Joschi. »Du mit deinen sanften Hausdamen hast ja keine Ahnung!« Es klang wie ein Vorwurf. Und den wollte ich nicht auf mir sitzen lassen. Ich erzählte der Joschi von meiner Familie und davon, wie mich die Weiber andauernd traktierten, wegen der Zimmerlautstärke und dem Lernen und hundert anderen unschönen Details.

»Ich würd dich ja bedauern, wenn ich könnt vor lachen«, sagte die Joschi spitz. Fast hätten wir zu streiten angefangen, doch dann lenkte die Joschi wieder ein und meinte, jeder sehe halt nur seinen eigenen Kummer, und

der erscheine ihm riesengroß, und im Vergleich zu den Millionen verhungerter Kinder auf der Welt gehe es uns wahrscheinlich allen sehr prächtig. Ich unterdrückte im Interesse eines guten Ausklanges des Tages die Bemerkung, daß diese Ansicht von meiner Mutter stammen könnte. Ich nickte nur matt. Dann mußte die Joschi heim, weil sie nie länger als bis sieben Uhr Ausgang hatte. Wir verabredeten uns für Montagnachmittag sechzehn Uhr im Eissalon, an der Ecke vor dem Muxeneder. Zweimal am Tag im Muxeneder zu hocken, sagte die Joschi, sei ihr zuviel. Sie finde schon die Vormittage dort entsetzlich langweilig, und jetzt, wo sie mir nicht mehr zulächeln könne, überhaupt.
»Wann kommt denn dein Bruder aus Italien zurück?« fragte ich. Die Joschi zuckte mit den Schultern. Sie sagte, eigentlich sollte er längst da sein.
»Und das ist sicher, daß er dir die Entschuldigung schreibt?« fragte ich.
»So sicher wie das Amen im Gebet«, sagte die Joschi, fügte aber dann zögernd hinzu: »Nur, ob er rechtzeitig kommt, das ist die Frage! In der Schule nämlich, hat meine Freundin gesagt, sind sie schon unruhig. Der Klassenvorstand hat eine blöde Bemerkung gemacht. Und die Anna, unsere Oberstreberin, hat auch blöd dahergeredet. Ihre Mutter hat mich beim Muxeneder gesehen.«
»Hast du Angst?« fragte ich.
»Scheißangst«, sagte die Joschi.
»Und wenn du es einfach zugibst«, meinte ich. »Deine Eltern, die werden dich doch decken vor der Schule, oder?«
Die Joschi schaute mich an, als wäre ich vom Mond gefallen.

»Du hast vielleicht eine Ahnung«, sagte sie.
»Was würden sie denn tun, wenn sie es erfahren?« fragte ich.
Die Joschi sagte, ich solle das Thema fallen lassen. Sie wolle sich gar nicht ausmalen, was ihre Eltern dann täten. Die dürften das einfach nicht erfahren. Und vielleicht sei ja ihr Bruder heute nachmittag schon heimgekommen.
Ich begleitete die Joschi bis zwei Ecken vor dem Haus, in dem sie wohnte. Weiter ließ mich die Joschi nicht mitgehen. Wenn ihre Mutter zufällig aus dem Fenster schauen und mich sehen würde, erklärte sie mir, wäre der Krach komplett. Es sei ihr streng verboten, außerschulisch mit Knaben Kontakt aufzunehmen. Wenn es nach ihrer Mutter ginge, müßte sie sogar in eine reine Mädchenschule gehen. Davon sei sie nur deshalb verschont geblieben, weil es reine Mädchenschulen nur als Privatschulen gibt und weil die viel Geld kosten und ihr Vater ein Geizkragen ist.
Ziemlich bedrückt wanderte ich heim, nachdem ich die Joschi verlassen hatte. Ich machte einen Umweg, am Garten vom Jo vorbei. Kein Mensch war zu sehen. Im Haus, hinter vorgezogenen Gardinen, brannte Licht. Und der Garten war, so weit als möglich, in Ordnung gebracht.
Am Montag wanderte ich relativ gelassen, mit einer erstklassigen Entschuldigung versehen, in die Schule. Die Entschuldigung war vom Dr. Brummer. Der erweist der Mama gern so kleine Gefälligkeiten. Einen Heiratsantrag hat er ihr auch schon gemacht.
Der Axel, der neben mir zur Schule trottete, erzählte mir, daß er Nachricht vom Jo habe. Die Großeltern waren deswegen aufgetaucht, weil ein Nachbar bei ihnen ange-

rufen hatte. Und der Vater vom Jo, sagte der Axel, wolle von den Partygästen Schadenersatz verlangen für zwei geknickte Spalierbäume, sechzig verwüstete Tulpen, vier Trinkgläser, drei Quadratmeter Küchentapete und achtzehn Reinigungsstunden.

Diese gräßliche Information hatte nicht nur der Axel. Die ganze Belegschaft redete darüber, als wir in die Klasse kamen. In drei Gruppen, mit verschiedenen Meinungen, standen die Kollegen beisammen. Der Jo war bei keiner Gruppe. Der war nicht anwesend. Die eine Gruppe schob alle Schuld auf die paar Partygäste aus der anderen Klasse. Die zweite Gruppe, darunter waren die Anette und die Marion, leugnete überhaupt, daß nennenswerter Schaden entstanden sei. Und die dritte Gruppe, bei der war die Erbswurstsuppe, gab zu, daß der Samstagnachmittag eine einzige Sauerei gewesen sei, an der sie jedoch keine Schuld gehabt hatten. Bevor ich mich einer Gruppe zugesellen konnte, klingelte es, und das Mathe-Suserl, pünktlich wie immer, stampfte in die Klasse und rief »Ruhe«.

Die Belegschaft wanderte zu ihren Stammplätzen, aus dem Gebrüll wurde Gemurmel, das auch rasch verebbte. Ich ging zum Suserl und überreichte ihm den Dr. Brummer-Wisch.

Das Mathe-Suserl sagte, es sei bedauerlich, daß gerade ich eine Woche versäumt habe, weil übermorgen die Wiederholung der Mathe-Schularbeit sei. Ich möge, schlug sie vor, gleich draußen bei ihr bleiben, sie wolle heute Beispiele für die Schularbeit durchrechnen, alles nur Wiederholungen, nicht den Stoff der letzten Woche betreffend. Da müsse ich ja mitkommen! Gelassen nahm ich die Kreide. Ich fühlte mich fit. Gestern noch hatte ich der Tante Lieserl fünf Textbeispiele mit zwei

Unbekannten erläutert und war von Doris gelobt worden, weil ich gewußt hatte, daß die Wertmenge einer Funktion eine Teilmenge der Zielmenge ist und daß eine Funktion durch eine Funktionsgleichung und eine Urmenge festgelegt ist. (Womit ich nicht meine, daß ich diese Weisheiten kapiert hatte, ich hatte sie bloß artig auswendig gelernt.)
Das Mathe-Suserl setzte sich zum Lehrertisch und holte ihr rosa Heftlein heraus und trug mir eine lange Geschichte von einem Motorradfahrer vor, der in Linz wohnt, und von einem Radfahrer aus Lambach, die gleichzeitig von zu Hause abfahren und einander nach dreißig Minuten treffen. Zuerst hörte ich aufmerksam zu, wie aber dann die zwei einspurigen Verkehrsteilnehmer nicht mehr aufeinander zurollten, sondern hintereinander Salzburg anpeilten, und der Motorradfahrer den Radler nach achtundvierzig Minuten überholte, schaltete ich ab. Ich hatte in der häuslichen Lernwoche einigermaßen kapiert, wie man Äpfel und Birnen und zufließendes Wasser und Stundenlöhne berechnet. Autos und Zweiräder – auch wenn Doris behauptet, da sei kein Unterschied – schaffe ich einfach nicht! Meine kleinen, grauen Zellen im Hirn können mit Zweirädern nichts anfangen.
Ich legte die Kreide in die Schale zurück.
»Aber Wolfgang, es ist doch ganz leicht!« sagte das Mathe-Suserl.
Das habe ich speziell gern, wenn man mir als Aufmunterung erklärt, daß ich nicht einmal die »ganz leichten« Sachen kapiere!
»Na, fang mit einer Skizze an!« drängte das Mathe-Suserl.
Mehr als einen Strich mit drei Punkten darauf, für Linz,

Lambach und Salzburg, hätte ich der guten Frau nicht bieten können.
»Dalli, dalli, wir haben nicht ewig Zeit!« Das Suserl wurde ungeduldig. Da zeichnete ich zwei Kreise, eng nebeneinander, auf die Tafel.
»Warum machst du Kreise?« fragte das Suserl.
»Das wird das Motorrad, bitte«, sagte ich. Und grinste. Dabei war mir gar nicht nach Grinsen. Nichts gelernt haben und nichts können, ist zu ertragen. Aber eine Woche emsig gelernt haben und wieder nichts können, das ist deprimierend. Und ich neige dazu, im Falle von aufsteigender Depression kindisch zu reagieren. Ich sagte: »Sie wollten doch eine Skizze, bitte!«
Das Suserl seufzte. »Vom Weg natürlich!« sagte es.
»Mit Verkehrsschildern oder ohne?« fragte ich. Da merkte selbst das naive Mathe-Suserl, daß ich sie frozzelte.
»So nicht, Wolfgang Obermeier!« rief sie und wies mich mit entrüstet ausgestreckter Rechter zu meinem Pult. Dann wandte sie sich an die Erbswurstsuppe. »Ulli Ullermann«, sagte sie. »Komm du heraus, mach weiter!«
Die Erbswurstsuppe hockte bleich, mit leicht geröteten Augen, auf ihrem Platz. Sie stand nicht auf. Die Anette erhob sich und sagte zum Mathe-Suserl: »Bitte, die Ulli ist heute nicht ganz in Ordnung, es geht ihr nicht gut!«
Da die Erbswurstsuppe wahrlich wie die heilige Minna bei der Kreuzabnahme dasaß, witterte das Mathe-Suserl keinen Hinterhalt, sondern empfahl der Erbswurstsuppe, in das Sekretariat um Kamillentropfen zu gehen. Die Anette sagte bedeutungsvoll: »Es ist nichts Körperliches!« Mit einem Seitenblick auf mich sagte sie das.
»Wie bitte?« Das Mathe-Suserl meinte, sich verhört zu haben.

»Seelisch!« mischte sich die Marion ein.
»Wie bitte?« Nun war das Mathe-Suserl sichtlich verwirrt.
»Diese blöden Kühe«, murmelte der Axel.
Da das Mathe-Suserl unser Klassenvorstand ist, der jede Woche zweimal betont, man könne mit allem zu ihm kommen, was man auf dem Herzen habe, befürchtete ich schon eine öffentliche Erörterung meiner Beziehung zur Erbswurstsuppe und war richtig dankbar, als die Klassentür aufging und der Schulwart mit einem Zettel hereinkam. Er rief: »Es mögen sofort in die Direktion kommen . . .« und dann las er von dem Zettel Namen ab. Es war Jos Einladungsliste zur Samstags-Party.
In der Direktion fanden wir den Hofrat vor und den Jo und die Eltern vom Jo, und gleich nach uns kamen auch die fünf Partygäste aus der Parallelklasse. Ein ziemliches Gedränge herrschte in dem Raum. Im Gedränge kam die Erbswurstsuppe neben mir zu stehen. Als sie das merkte, warf sie mir einen verachtungsvollen Blick zu und drehte sich weg. Der Hofrat ließ uns an der Fensterwand Aufstellung nehmen. Ob wir alle am Samstag bei dieser Party gewesen seien, fragte er. Wir nickten. Ob noch jemand fehle, der ebenfalls dort gewesen sei. Wir schüttelten die Köpfe. Bloß die Erbswurstsuppe meldete: »Ein Mädchen war noch dort! Aber nicht aus unserer Schule. Aus der Bäckerei!«
Ein Mädchen aus der Bäckerei schien den Hofrat nicht zu interessieren. Er murmelte: »Das geht mich nichts an!« Dann lehnte er sich in seinem Stuhl zurück und trug uns eine Partyversion vor, die mich – und alle anderen auch – ins starre Staunen brachte. Nur den Jo, der mit gesenktem Haupt zwischen seinen Alten stand, den brachte sie zum Erröten.

Des Hofrats Partyversion ging so: Der arme, brave, elternlose Jo hatte am Samstag bloß zwei Freunde, den Andreas und den Egon, mit nach Hause genommen; um mit ihnen für die Mathe-Schularbeit zu lernen. Unerwartet und total uneingeladen waren dann die anderen gekommen, hatten Terror gemacht und Verwüstung, die Nachbarn am Telefon beschimpft, mitgebrachten Fusel getrunken und die zur Rettung des Enkels herbeieilenden Großeltern derart rowdy-rockerhaft traktiert, daß sich diese – zu ihrem Schutze – mit Stecken und Schlauch bewaffnen mußten. Direkt nach Truman Capote und »In Cold Blood« klang das.
Daß einer schamlos lügt, um seine Haut zu retten, verstehe ich! Daß der Jo seine Haut auf unseren Buckeln retten wollte, fand ich nicht gerade anständig. Aber wahrscheinlich war er sich, als er seinen Uralten vorlog, daß wir ihn einfach überfallen haben, über die Konsequenzen, die das haben kann, gar nicht klar. Denn ein echter Schuft war der Jo noch nie!
Des Hausfriedensbruches und der Besitzstörung zieh uns der Hofrat, und ob das ein gerichtliches Nachspiel haben werde, sagte er, hänge von der Milde der Jo-Eltern und der Zahlungswilligkeit unserer Eltern ab. Doch noch wesentlich schlimmer sei es, donnerte der Hofrat los, daß sich Schüler sinnlos besaufen und, falls gewisse Andeutungen der Jo-Eltern stimmten, müßte er überhaupt die Polizei einschalten.
Er hieb mit einer Faust auf den Tisch. »Meine Schule wird drogenfrei bleiben!« brüllte er. »Elemente, die versuchen, Rauschgift einzuschleppen, werden von mir rigoros ausgemerzt!«
Die Jo-Mutter unterbrach den Hofrat: »Das mit dem Hasch ist aber nicht erwiesen«, sagte sie. »Das haben

nur unsere Nachbarn behauptet, die allerdings waren sich sicher!«
»Und diese Behauptung lasse ich nicht einfach im Raume stehen«, fiel ihr der Jo-Vater ins Wort. »Ich lasse mir nicht von einer Handvoll Rotzer meinen guten Ruf in der Nachbarschaft ruinieren!«
Ich schielte reihauf und reihab. Wer macht als erster den Mund auf, fragte ich mich. Ich tippte auf den Axel, doch das war leider ein Irrtum. Die Erbswurstsuppe trat einen Schritt aus der Riege und rief: »Aber so war das doch nicht! Der Jo hat uns alle eingeladen! Seit vorigem Montag schon! Ehrlich! Bis auf das Mädchen, das der Wolfgang Obermeier mitgebracht hat! Sonst ist niemand ungeladen gekommen!«
Beifälliges Gemurmel, dem ich mich nicht anschloß, wurde laut, die Anette rief: »Jo, sag doch, daß es stimmt!« Und der Niki rief: »So eine Gemeinheit, Jo!«
Der Jo war, glaube ich, total verzweifelt. Aber jetzt, dazu noch vor den Eltern, konnte er die Wahrheit nicht zugeben.
Die Erbswurstsuppe näherte sich dem Hofratstisch noch um einen Schritt. »Und ich habe keinen Tropfen Alkohol getrunken, das schwöre ich«, rief sie. »Nicht einmal eine Zigarette habe ich geraucht. Und schon gar keine mit Hasch!« Die Erbswurstsuppe war ob der bösartigen Unterstellungen derart empört, daß sie zu heulen anfing. »Ich habe bloß Brote geschmiert«, schluchzte sie. »Stundenlang hab ich Brote geschmiert!« Sie drehte sich zum Jo. »Sag doch, daß ich die Wahrheit sage!«
Der Jo nagte an seiner Unterlippe, schaute verschreckt und schwieg. Da löste sich der Gustl aus der murrenden Riege. Mit zittrigen Fingern zog er seine Brieftasche aus der Hose, nahm einen gefalteten Zettel heraus, entfaltete

ihn, legte ihn auf die Schreibtischplatte und sagte mit wutbebender Stimme: »Bitte! Das ist die Schrift vom Jo! Das kann man mit seinen Heften vergleichen. Da hat er aufgeschrieben, was wir für die Party alles brauchen und wieviel wir von jedem einkassieren müssen! Und unten hat er hingeschrieben, wer schon bezahlt hat! Das ist doch der Beweis dafür, daß er lügt!«
Das war nun tatsächlich ein eindeutiger Beweis! Allerdings bewies der Zettel auch ganz nebenbei, daß vier Doppler Weißwein, drei Doppler Rotwein, ein Liter Bacardi und zwei Flaschen Gin für die Fete eingeplant waren.
Die Jo-Eltern wieselten zum Hofrat. Sie erkannten die Schrift auf dem Zettel als die Klaue ihres Sohnes. Die Jo-Mama erbleichte, der Papa vom Jo schnappte sich den Jo und knallte ihm zwei Ohrfeigen auf die rechte Wange. Der Hofrat wummerte wieder eine Faust auf den Tisch und rief, er verbitte sich Prügelszenen in seiner guten Stube. Der Jo-Papa ließ vom Jo ab, die Jo-Mama holte tief Luft und rief, daß der Tatbestand der Verwüstung trotzdem gegeben sei, allein der verkotzte Pool sei ein mittlerer Skandal, und die Tapete und die Tulpen und die Bäume schrien zum Himmel! Auch wenn der Jo selbst eingeladen habe, zu einem Vandalenakte sicherlich nicht! Und die Idee zum Alkoholeinkauf, die komme nicht von ihm, so sei ihr Sohn nicht! Das müßten ihm andere diktiert haben, sie könne sich schon vorstellen, wer! Sie kenne ja etliche in der Klasse, die kein Umgang seien! Vom Gustl wisse doch jeder, daß er ein Trinker sei, und der Bruder der Anette handle ja angeblich sogar mit Drogen, wen wundere es da, wenn seine Schwester dieses Zeug zu einer Party mitbringe! Ein Dutzend vager Verdächtigungen, gespickt

mit Kollegennamen, kreischte die wirre Frau, und mit einem Male ging es drunter und drüber. Es war ein allgemeines Eigene-Haut-retten und zum Kotzen. Von »Ich hab nicht« über »Ich hab nur« bis zu »Die anderen haben« war alles zu hören. Dazwischen zischte der Axel: »Haltet doch die Pappen!« Aber er hatte keinen Erfolg. Als die Erbswurstsuppe rief: »Warum soll mein Papa zahlen, weil der besoffene Egon die Tulpen ruiniert hat?«, rief der Egon: »Hätte der Oskar nicht den Schlauch genommen, dann wäre ich nicht in die Tulpen gefallen!«, und dann dauerte es nur noch ein paar Minuten, bis der Verlauf der Fete ziemlich lückenlos dargestellt war. Auch der Joint auf der Terrasse kam zur Sprache, weil der gute Egon, als Alkoholiker entlarvt, sein ramponiertes Image damit aufbessern wollte, daß er die anderen des Kitt-Konsums beschuldigte; Alkohol gilt ja immer noch für weniger anstößig als Hasch. Was garantiert daher kommt, daß die meisten Eltern schon ein paarmal, viele Eltern oft und ein paar Eltern ständig »im Öl« sind, während sie den Unterschied zwischen einer Haschzigarette und einem Heroin-Stoß nicht einmal kennen.

Der Axel stritt glatt ab, an der Raucherrunde teilgenommen zu haben. Die Anette, die keine starken Nerven hat, gab es schluchzend zu, sagte aber, ein fremdes Mädchen habe ihr die Zigarette gereicht, und sie habe gar nicht geahnt, daß da was anderes drin sein könne als feinster Virginia-Gold-Tabak. Der Niki schloß sich der Anette an, teilte jedoch eilfertig mit, daß der Wolfgang Obermeier dieses fremde Mädchen eingeschleust habe. Der Hofrat wollte von mir den Namen des Mädchens wissen.

Ich sagte: »Maria! Mehr weiß ich nicht!«

Der Hofrat sagte: »Das ist doch lächerlich!«
Ich blieb stur. Das Mädchen, sagte ich, sei mir auf dem Weg zum Jo hin begegnet, vorher habe ich sie nie gesehen, ich habe sie einfach spontan eingeladen, basta!
Knapp vor dem Ende der zweiten Unterrichtsstunde löste der Hofrat die Versammlung auf und sagte zum Abschluß, daß die Angelegenheit damit längst nicht abgeschlossen sei, Schritte würden unternommen werden, alles müsse ans Licht kommen. Der Ruf der Schule sei gefährdet, und wenn es sein müsse, werde auch die Polizei eingeschaltet.
Die Eltern vom Jo zogen ab, die Partygäste schlichen, jeder fast jedem gram, ihren Klassen zu. Zwischen ihnen, von allen gemieden, der Jo. Nur die Erbswurstsuppe blieb in der Kanzlei zurück. Das merkte ich erst, als wir wieder in der Klasse waren. Daß die rachsüchtige Person dem Hofrat alles, was ihr über die Joschi bekannt war, und noch drei Prozent Zuwaage drauf, zu erzählen gedachte, war mir klar. Und daß es sich daher nur noch um Minuten handeln konnte, bis man mich wieder in die Kanzlei zurückholte, war mir auch klar. Nicht, daß ich das als Riesenkatastrophe ansah! Ich bin kein hysterischer Panikfreak! Mir kam das alles bloß unheimlich sinnlos und unmenschlich lästig und abgrundtief entwürdigend vor. Und die Partygäste, dieser einander denunzierende, keifende Haufen war mir zuwider. Ich fühlte mich mitten in Feindesland, und für ein Partisanenleben habe ich keine Eignung.
Die Dr. Naderer und die Kollegen, die nicht bei der Party gewesen waren, erwarteten uns voll Neugier. Die sensationslüsternen Gesichter, die mir da entgegenglotzten, waren mir um nichts weniger zuwider als die Dodeln, die mit mir die Klasse betraten. Ich ging zu mei-

nem Pult, holte meine Schultasche heraus und stopfte die paar Sachen, die auf dem Pult lagen, hinein.
»Bruder in Christo, verlier nicht die Nerven«, mahnte mich der Axel.
»Mir reicht es«, sagte ich und ließ die Schnallen der Tasche zuschnappen.
»Hock dich her, und dreh nicht durch«, sagte der Axel.
Fast hätte ich auf seinen Rat gehört. Doch dann fiel mein Blick auf den leeren Platz der Erbswurstsuppe, und ich stand auf und verließ ohne eine Erklärung für die Dr. Naderer die Klasse. Wie von Höllenhunden gejagt, hetzte ich in die Garderobe, zog meine Schlappen aus, schlüpfte in die Schuhe und in die Jacke und verließ durch den hinteren Eingang das Schulhaus. Ich kam mir, stinkige, bleihaltige Straßenluft tief einatmend, vor, als habe ich mir eben selbst das Leben gerettet.

7. Kapitel

in dem ich etwas unternehme, was mein Damenclan später eine »Kurzschlußhandlung« nennen wird; womit man absolut falsch liegt.

Manchmal wummert im Leben alles so schnell und so kompakt auf einen runter, daß man hinterher ganz wirr wird, wenn man die Ereignisse im Detail ordnen und ihren Ablauf richtig darstellen will. Was am Montagnachmittag in ein paar Stunden mit mir passierte, hält einer wie ich, der nur an zäh-schleimig dahinblubbernde Langeweile gewohnt ist, im Kopf fast nicht aus.

Ich kam am Montagmittag, pünktlich wie immer, aus der Schule nach Hause. Durchfroren war ich, weil ich drei Stunden durch die Straßen gegangen war und kalter Wind geweht hatte. Fürs Kaffeehaus hatte ich kein Geld gehabt.

Die windige Spaziererei hätte ich mir sparen können. Von der Schule hatte man zuerst bei mir zu Hause und dann bei der Mama in der Kanzlei angerufen und mein unerlaubtes Verschwinden aus dem Unterricht gemeldet.

Tante Fee zitterte vor Erregung. »Mir hat man ja nichts Näheres gesagt«, erklärte sie. »Aber der Moni haben sie gesagt, daß du in Drogen verwickelt bist!« Flehend hob sie die Hände und machte bitte-bitte. »Gelt, Olferle, das ist aber doch nicht wahr! Da irren sie sich, oder?«

Ich sagte der armen, alten Fee, daß ein Irrtum vorliege, und wollte ein Mittagessen. Sie war konsterniert über dieses Ansinnen. »Aber Olferle«, rief sie. »Ich zittere

doch jetzt noch am ganzen Leibe! Glaubst, da habe ich ans Kochen gedacht?«
Sie belegte mir Brote. Gerade als sie die Dinger mit Tubensenf verzierte, kam die Oma. Die war auch schon informiert. Ich nehme an, telefonisch von Tante Fee oder der Mama. Sie stampfte wie ein Dragonerhauptmann vor mir auf und ab und wollte »die Wahrheit« wissen. Ich sagte ihr die Wahrheit, sie glaubte mir nicht. Ich wiederholte die Wahrheit, sie glaubte mir trotzdem nicht. Wenn alles so wäre, wie ich erzähle, rief sie, hätte es keinen Grund für mich gegeben, aus der Schule zu rennen. Mein Weglaufen zeuge von meinem schlechten Gewissen!
Meine Oma ist ein schlichtes Kleinbürgergemüt. So sensible, komplizierte Seelenvorgänge wie die, die am Vormittag in der Schule in mir abliefen, sind ihr unverständlich. Da braucht man gar keinen Erklärungsversuch starten! Daher sagte ich bloß: »Das verstehst du nicht!« Womit ich sie im Glauben an meine »Schuld« bestärkte. Sie hielt mir eine Ansprache über die Verwerflichkeit von Drogen und ließ dabei ihre Unwissenheit auf diesem Sachgebiet nur so sprühen und funkeln. Koks und Hasch und Heroin und LSD waren für sie eine Sorte Teufelszeug. Ihrer Meinung nach hatte man sich mit drei Haschzigaretten den »Goldenen Schuß« gegeben, der einem vorgaukelt, fliegen zu können, was einen dazu treibt, ein Fenster im achten Stock zu öffnen und sich in die Lüfte zu stürzen, was aber noch ein schönes Ende ist, weil man ansonsten an durchlöcherten Nasenscheidewänden – vom Sniffen – elendiglich verreckt.
Ich wollte die alte Schachtel aufklären und hielt ihr auch einen Vortrag. Das Ergebnis war, daß sie mich für einen Vize-Boß der Drogenszene hielt.

»Ein normales, anständiges Kind in deinem Alter«, argumentierte sie, »hat doch von diesen Dingen keine Ahnung!«
Tante Fee ließ sich von der Brüllerei und Rederei der Oma überzeugen. »O Gott, o Gott, Olferle«, klagte sie, sooft die Oma zwecks Luftholen ein paar Augenblicke schwieg.
Dann kamen die Tante Lieserl und die Andrea. Die Tante Lieserl kommt oft zu Mittag nach Hause. Wieso meine Schwester auftauchte, weiß ich nicht. Die bleibt über Mittag meistens in Uni-Nähe. Die beiden waren informiert und heischten Aufklärung. Mir war es zu blöd, die ganze Angelegenheit noch einmal herunterzulabbern.
Der Oma war es natürlich nicht zu blöd! Sie stellte der Andrea und der Tante Lieserl den Bruder, beziehungsweise Neffen als Vize-Boß der Drogenszene vor. Die Tante Lieserl reagierte im Tante-Fee-Stil mit mehrmaligen O-Gott-Olfi-Ausrufen. Die Andrea packte mich an der Schulter, beutelte mich und fragte eindringlich: »Hast du etwas im Haus?«
Zuerst wußte ich gar nicht, was sie überhaupt meinte. Erst als sie sagte: »Das müssen wir verschwinden lassen! Wenn die Schule die Polizei einschaltet, machen die glatt eine Hausdurchsuchung!«, wurde mir klar, um was es ihr ging.
Die Andrea schob mich zu meinem Zimmer hin. Die Oma, die Tante Fee und die Tante Lieserl drängten hinterher. Und die Andrea sagte andauernd Sachen wie: »Jetzt sei vernünftig!« Und: »Blödstellen hat keinen Sinn!« Und: »Du mußt sagen, wo es ist, sonst können wir dir nicht helfen!«
Einem, der durch amtsärztliche Verwechslung ins Irren-

haus eingeliefert wurde, kann nicht viel anders zumute sein als mir damals!
Die vier Weiber entblödeten sich nicht, mein Zimmer nach Staatspolizistenmanier zu durchsuchen, wobei die Andrea mehrmals »Es ist nur zu deinem Schutz« sagte und die Tante Fee mehrmals fragte: »Wie soll denn das eigentlich aussehen, was wir suchen?« Tante Lieserl erzählte ihr daraufhin etwas von »weißem Pulver« und »braungrauen Kügelchen«.
Ich stand während dieser Aktion am Fenster und starrte in den Garten hinunter und wunderte mich, wieso mir nicht nach meinem berüchtigten Urschrei zumute war. Ich fand ihn in höchstem Maße angebracht, aber es war überhaupt keine Schreiluft in mir. Viel mehr als einen besseren Meersau-Quietscher hätte ich nicht zuwege gebracht.
Die kramenden Weiber entdeckten ein paar lose Zigaretten in einer Schreibtischlade. Tante Lieserl tat kund, daß es sich um »präparierte Zigarettenstummel« handeln könne. Andrea hielt das für »Unsinn«. Die Oma schlug vor, die Dinger probehalber zu zerbröseln. »Wo tun sie es denn üblicherweise hin?« fragte sie. »In den Tabak oder in den Filter?«
Ob ihr jemand wissende Antwort erteilte, entging mir, denn durch das Stück Garten, das ich vom Fenster aus überblickte, kam die Joschi auf das Haus zu. Ich wollte aus dem Zimmer gehen, die Andrea hielt mich am Hemdsärmel fest.
»Du bleibst hier!« rief sie. »Du türmst jetzt nicht! Das könnte dir so passen!« Und die filterzerzupfende Oma kreischte: »Ich habe der Moni versprochen, daß du das Haus nicht verläßt, bevor sie heimkommt!«
»Ich mache bloß die Haustür auf«, sagte ich. »Eine

Freundin von mir ist gekommen.« Zur Bestätigung meiner Worte ertönte das melodische Kling-klang unserer Türglocke. Die vier Weiber schauten einander an.
»Ich öffne«, sagte Tante Lieserl.
Die drei anderen Weiber nickten ihr zu.
»Das wirst du nicht«, sagte ich. »Meiner Freundin öffne ich selbst die Tür. Und wenn du mich nicht losläßt«, fauchte ich Andrea an, »dann leg ich dir eine auf, daß du für die nächsten drei Wochen ein blaues Guck hast!«
Der Andrea, fassungslos ob meiner Wortwahl, entglitt mein Hemdärmel. Zwar wollte sie gleich wieder nach ihm grapschen, aber da war ich schon an der Tür. Ich rannte im Eilzugstempo zur Haustür. Die vier Weiber folgten mir nicht. Sie standen oben am Treppenabsatz und starrten hinter mir her.

Ich öffnete die Haustür. Ich wollte die Joschi nicht hereinbitten. Die häusliche Lage war zu sonderbar, um sie einem Besuch anzubieten. In den Garten konnte ich mit der Joschi aber auch nicht gut gehen, weil es windig und kalt war. Und für einen Kaffeehausbesuch war ich zu pleite. Außerdem wären mir die vier Weiber, hätte ich das Grundstück verlassen, höchstwahrscheinlich nachgejappelt und hätten mich festgehalten. Diese Überlegungen müssen sich auf meinem Gesicht als staunende Ratlosigkeit widergespiegelt haben, denn die Joschi sagte:
»Entschuldige, daß ich so einfach herkomme. Aber bis vier Uhr hab ich nicht mehr warten können.«
Mein Zögern, sie in die gute Stube zu bitten, deutete die Joschi als Unwillen. Ihre winzigkleine Nase begann zu zucken wie eine Hasenschnauze, Tränen füllten ihre Augen, sie sagte:

»Hilf mir! Ich hab sonst niemanden!«
Ich hatte bisher so große Tränen noch nie so edel und still über so schöne Wangen tröpfeln sehen. »Komm rein«, sagte ich, und mein seit Tagen vage gehegter Verdacht, ich könnte die kleine, dürre Person im Schlotterlook lieben, wurde mir zur sicheren Gewißheit. Ich weiß nicht, wie es anderen Leuten geht, wenn ihnen urplötzlich so etwas widerfährt. Vor allem nehme ich an, daß andere Leute von solchen Erkenntnissen nicht gerade dann überfallen werden, wenn im Hintergrund vier hysterische Weiber lauern und im Vordergrund das Objekt der irren Zuneigung heult.
Mir jedenfalls kamen alle Gummibänder durcheinander. Ich lebe nämlich in einer medizinisch falschen, gefühlsmäßig aber grundrichtigen Annahme, daß ich von Gummibändern zusammengehalten werde. Kreuz und quer sind die in meinem Inneren gespannt. An manchen Tagen hängen sie locker durch, an manchen sind sie gespannt. Und oft ist eines am Zerreißen, und oft wetzt eins ums andere herum. Und das ist dann nicht zum Aushalten. An ungute Gummibandgefühle in mir bin ich gewohnt. Was sich aber nun gummibandmäßig bei mir tat, hatte ich noch nie erlebt. Alle Gummibandeln spielten verrückt, zogen sich zusammen, zerrissen, verwurstelten sich zu einem Knoten, der löste sich wieder, die Bandelenden hakten sich wieder bei mir ein – alle parallel gespannt – wie die Saiten einer dreidimensionalen Harfe, und ich hatte das Gefühl, gleich werde einer kommen und auf der 3-D-Harfe spielen; irgendeine Zwölf-Ton-Komposition.
Die Joschi trat in unsere Diele, meine vier Wahnsinnsweiber kamen zum Treppengeländer und linsten herunter.

»Was ist denn passiert?« fragte ich leise.
Die Joschi lehnte den Kopf an meine Schulter, sie schluchzte nicht, sie sagte nichts, nur mein Hals und meine Hemdbrust waren im Nu waschelnaß von ihren Tränen.
Von der Treppe her rief meine Oma: »Olf! Olf! Olf!« Es hörte sich an wie das Bellen eines bissigen Bernhardiners. Und der Bernhardiner schickte sich an, über die Treppe herunterzusteigen.
Da das Zimmer meiner Mutter von allen Räumen, die ich – ohne am Bernhardiner vorbei zu müssen – erreichen konnte, das einzige war, an dessen Tür immer ein Schlüssel steckte, nahm ich die Joschi am Arm, bugsierte sie ins Mama-Zimmer und drehte den Schlüssel im Schloß. Ich drückte die Joschi aufs Sofa, blieb neben ihr stehen und streichelte ihre schwarze Stoppelfrisur.
»Taschentuch, bitte«, sagte die Joschi.
Da ich keines bei mir hatte, gab ich ihr einen Seidenschal von der Mama, der über einer Sessellehne hing. Die Joschi wollte den Schal nicht versauen. Sie schneuzte sich in die hohle Hand und wischte diese an einem Hosenbein ab. Dann streckte sie sich auf dem Sofa aus, schloß die Augen und berichtete mir, was sich bei ihr seit Samstagabend zugetragen hatte:
Erstens war vom Bruder die Mitteilung gekommen, daß er sich in Florenz beim Sprung über eine Mauer einen Knöchel verstaucht habe und daß er mit dem Knöchel, dem verstauchten, nicht Auto fahren könne. Daß er daher noch eine Woche bei seinem italienischen Freund bleiben werde, um den Knöchel zu kurieren. Essig und Öl also für die nächsten zehn Tage mit einer Entschuldigung!
Zweitens hatte die Entschuldigung vom Bruder ohnehin

keinen Sinn mehr, weil – laut Freundin der Joschi – am Samstag ein eingeschriebener Brief der Schulleitung an Joschis Eltern abgegangen war, in dem sich die Direktion der Schule nach dem Verbleib der Schülerin Johanna Edlinger erkundigte.
Drittens hätte es nicht einmal etwas genutzt, den Briefträger vor dem Haus abzufangen und ihm, was bei eingeschriebenen Briefen gar nicht so leicht gewesen wäre, den Brief abzuluchsen, weil die Mutter der Anna, dieser Streberin aus Joschis Klasse, – wieder laut Joschis Freundin – erklärt habe, sie werde Joschis Mutter über ihre Muxeneder-Beobachtung informieren. Das sei solidarische Elternpflicht!
Und viertens hatte Joschis Mutter am Sonntag angekündigt, sie werde am Montagvormittag den neuen Teppich kaufen. Dazu brauchte sie das Geld, das sie in einer blauen Dose angespart hatte. Von diesem Geld hatte die Joschi aber im Laufe der letzten zwei Wochen tagtäglich etwas weggenommen. Ihr karges Taschengeld hatte bei weitem nicht gereicht, die Muxeneder-Rechnungen zu bezahlen!
Fünftens waren Joschis Eltern schon ungeheuer darüber empört, daß der Bruder, statt eifrig zu studieren und zwei fällige Prüfungen zu machen, verstauchten Beines in Italien herumsaß. Sie waren übelster Laune.
»Ich kann nicht mehr nach Hause gehen«, sagte die Joschi. »Wirklich nicht. Jetzt muß der Brief von der Schule schon da sein. Und die Mutter von der Anna hat sicher auch angerufen und gesagt, daß sie mich im Muxeneder gesehen hat. Und die Mama hat ihr Teppichgeld gezählt und gemerkt, daß fast tausend Schilling fehlen! Sie bringen mich um!«
Ich versuchte die Joschi zu beruhigen. Vielleicht, sagte

ich, habe die Anna-Mutter ihre Mutter gar nicht erreicht. Und der Brief von der Schule, der sei wahrscheinlich erst heute abgeschickt worden, weil die Schulwarte am Samstag nur mit halber Kraft arbeiten und die Postämter am Samstag um zehn Uhr schon schließen. Und den Gelddiebstahl, meinte ich, den müsse sie einfach stur ableugnen. Schließlich könnte ja auch der Bruder, bevor er nach Italien gefahren war, das Geld genommen haben. Oder die Putzfrau. Oder sonst ein Besuch.
»Du hast ja keine Ahnung, du kennst ja meinen Vater nicht«, sagte die Joschi. Sie setzte sich auf und zog ihren Pullover aus. Sie drehte mir den nackten Rücken zu. Quer über das rechte Schulterblatt lief eine brandrote, unregelmäßige Zickzacknarbe.
»So schaut das aus, wenn er wütend wird«, sagte sie. »Bloß wegen einem Mathe-Fünfer war das! Mit einem hölzernen Kleiderbügel hat er auf mich eingedroschen und mich dabei in die Glasscheibe von der Küchentür reingetrieben. Dreißig Glassplitter hat mir mein Bruder herausgezogen.« Die Joschi zog den Pullover wieder über. »Ein paar sind erst viel später herausgeeitert, weil sie mich nicht einmal zum Arzt haben gehen lassen, damit der keine Anzeige macht. Ich war ja überall voll blauer Flecken und so!«
Die Joschi legte sich wieder hin. »Ich kann nicht mehr nach Haus, wirklich nicht«, sagte sie ganz leise. »Das überleb ich nicht. Ehrlich. Wenn er auf mich losgeht, ich schwör es dir, da wird meine Angst so groß, ich kann dir gar nicht schildern, wie das ist.« Die Joschi drehte sich von mir weg, zur Wand. »Einmal«, fuhr sie monoton und noch leiser fort, »wie er auf mich los ist wie ein Wahnsinniger, da wollt ich zum Fenster raus. Und ich wär's auch, wenn mich meine Mutter nicht festgehalten

hätte. Garantiert wär ich raus. Obwohl wir im fünften Stock wohnen!«

Mir war speiübel im Bauch. Schlaff hingen die Gummibandeln in mir herum. Ich legte mich neben die Joschi aufs Sofa.

»Wenn mein Bruder wenigstens da wäre«, flüsterte die Joschi dicht an meinem Hals, »der ist noch der einzige, der sich traut, ihn aufzuhalten. Meine Mutter hat auch Angst, glaube ich. Aber vielleicht ist ihr auch alles Wurscht. Ich weiß es nicht!«

Ich zog die Joschi an mich, ganz fest, weil sie zitterte.

»Früher, da bin ich ein paarmal zu meiner Oma«, sagte die Joschi. »Die hat mich geschützt. Einfach rausgeschmissen hat sie ihn, obwohl sie seine Mutter ist. Er hat gedroht, er holt mich mit der Polizei. Aber das hat er nicht getan, weil er auf seinen Ruf bedacht ist. Zur Polizei gehen ist eine Schande in seinen Augen. Ein paar Wochen war ich dann immer bei der Oma. Und dann hat mich die Mama geholt. Und er hat getan, als ob nichts gewesen wäre. Aber die Oma ist jetzt im Altersheim. Und ganz verkalkt ist sie. Die kennt mich nicht einmal mehr.«

»Sonst gibt es niemanden?« fragte ich.

»Nein«, sagte die Joschi. »Gar niemanden. Überhaupt niemanden. Wenn dir nichts einfällt für mich, dann weiß ich echt nicht weiter. Ich weiß nur eins, daß ich nicht heimgeh! Nie mehr!«

So vernünftig und klar, wie ich nur konnte, versuchte ich für die Joschi nachzudenken. Mir fiel ein, daß meine werte Familie bei jeder größeren Weltkatastrophe damit liebäugelt, ein Kind aus dem Katastrophengebiet zu adoptieren, weil das, wie meine Mama sagt, Pflicht der Bürger von wirtschaftlich und politisch bevorzugten Ge-

genden sein müsse. Bisher hat das Adoptieren nur deswegen nicht geklappt, weil sich anscheinend Leute, die schon alles verloren haben, nicht auch noch gern ihre Kinder wegnehmen lassen.
Wenn meine Familie in regelmäßigen Abständen Bereitschaft zeigt, Chile-Kinder, Polen-Kinder, Sahel-Zone-Kinder oder Kambodscha-Kinder aufzunehmen, dachte ich, muß ihr eigentlich auch die Joschi recht sein. Und wozu, dachte ich weiter, ist meine Mutter eine ganz clevere, schlaue Rechtsanwältin? Ihr müßte es doch gelingen, diesem Wahnsinnsvater die Joschi zu entreißen. Angeblich gibt es doch für alles Mittel und Wege. Und so einen alten Prügler kann man doch zumindest für abnormal erklären lassen und entmündigen und in eine Anstalt stecken. Wir leben doch in keinem Land, wo solche Väter erlaubt sind.
Meine Mutter erschien mir als einzige Rettung!
Ich ging zum Schreibtisch. Dort hat die Mama einen Telefon-Nebenanschluß. Ich wählte die Nummer der Kanzlei. Die Kanzlei-Vorzimmerfrau meldete sich und behauptete, sie dürfe meine Mutter nicht stören, die sei sehr beschäftigt. Ich bestand auf einer Verbindung mit der Mama. Dabei hörte ich das typische Knackgeräusch, das immer dann entsteht, wenn bei uns im Haus ein Neugieriger in einem anderen Zimmer einen Telefonhörer abhebt, damit er mitlauschen kann; doch das war mir ziemlich Wurscht. Die Kanzleidame genehmigte mir nach etlichem Hin und Her schließlich die Mama, und die Mama meldete sich mit verdrossener Stimme. Ich wollte der Mama Joschis Problem erklären, doch sie ließ mich nicht zu Wort kommen.
»Ich habe jetzt wirklich keine Zeit«, sagte sie, »aber ich bin spätestens in zwei Stunden daheim. Und ich wün-

sche dich vorzufinden! Dann werden wir die Angelegenheit klären!«
Ich sagte der Mama, daß es mir ja gar nicht um die vertrottelte Partyaffäre ginge, aber noch bevor ich erklären konnte, worum es ging, donnerte die Mama los, ich solle nicht unverschämt werden und das Problem nicht verniedlichen, und vertrottelt sei höchstens ich, das zeige mein indiskutables Verhalten.
»Jetzt halt aber einmal die Luft an!« brüllte ich in den Hörer. »Und hör mir gefälligst drei Minuten zu!«
»In zwei Stunden bin ich daheim, und dann höre ich dir zu!« brüllte die Mama zurück.
»Nein, du hörst mir *jetzt* zu!« brüllte ich. »Es geht um meine Freundin Joschi, und es ist lebenswichtig!«
Da war die Mama bereit, mir zu lauschen. So kurz und so schlicht wie möglich schilderte ich ihr Joschis verzweifelte Lage. Und was sagte das irre Stück von einer Frau darauf? Sie fragte mich: »Wieso schwänzt sie denn die Schule und klaut Geld, wenn sie doch weiß, daß sie so einen Vater hat?«
»Das steht doch jetzt nicht zur Debatte!« schrie ich, vor Wut und Enttäuschung fast heulend, in den Hörer.
»Nein, wahrlich nicht«, kam die Stimme meiner Mutter. »Zur Debatte steht ausschließlich, wie ich dich dummes Stück aus der lausigen Schulsache rauszieh! Wenn du wenigstens nicht so hundsmiserable Noten hättest! Da könnte ich ganz anders auftreten!«
Ich weiß nicht mehr, wie oft ich noch dazu ansetzte, ihr zu erklären, daß ich mit einem völlig verzweifelten Mädchen dasitze, das ganz rasch Hilfe braucht. Sie reagierte nicht. Sie unterbrach mich mit Sätzen wie: »Das ist doch nur ein Ablenkungsmanöver!« und: »In zwei Stunden bin ich daheim!« Und: »Wenn sie wirklich so verprügelt

wird, muß sie sich an das Jugendamt wenden, die gehen der Sache nach!« Und: »Kümmere dich in deiner Situation lieber um deine eigenen Probleme!« Und: »Rede kein wirres Zeug, werter Sohn!«
Ich wollte nicht einsehen, daß meine Mutter so stur, so borniert, so ohne Gefühl sein konnte. Sogar als sie einfach, während ich wieder von vorne anfing und ihr Joschis Lage erklären wollte, den Hörer auflegte, gab ich nicht auf. Ich wählte noch einmal ihre Nummer. Doch diesmal blieb die Kanzleifrau hart. Meine Mutter wünsche keine telefonische Kontaktaufnahme mehr mit mir, sagte sie. Ich brüllte:
»Dann leckt's mich alle am Arsch!« in den Hörer und knallte ihn auf die Gabel.
Die Joschi stand vom Sofa auf. »War was wegen der Party?« fragte sie mich. »Weil du deiner Mutter gesagt hast, darum geht es nicht.«
Ich informierte die Joschi, ohne zu erwähnen, daß man sie allgemein als Joint-Lieferantin hingestellt hatte und daß der Hofrat hinter ihrem Namen her war. Das hätte ihr noch den Rest gegeben!
»Dann steckst du ja selbst knietief im Dreck«, sagte die Joschi. Ich schüttelte den Kopf, obwohl ich mich ungeheuer im Dreck stecken fühlte, viel tiefer noch als bis zu den Knien. Aber mit den Schwierigkeiten, die man mir machen konnte, hatte der Dreck, den ich um mich spürte, nichts zu tun. Ein paar lächerliche Hofratsbeschuldigungen, eine unerlaubte Entfernung aus der Schule, das sind keine Angelegenheiten, die mich verzweifelt machen. Ich fühlte mich total beschissen! Von lauter Wahnsinnigen, Bösartigen und Blöden total von oben bis unten beschissen! Kollegen, die einander mit Dreck bewerfen, um die eigene Haut zu retten, eine Fa-

milie, die auf blöde Anschuldigungen mehr hört als auf meine Erklärungen, und daß sich die Mama so bodenlos mies verhalten konnte, fand ich am dreckigsten.
Die Joschi schaute sich im Zimmer um, betrachtete ein Bild an der Wand, eines mit einem roten Fleck und einem schwarzen Streifen darüber und sonst nichts darauf, und sagte:
»Du hast ein komisches Zimmer, ich hab noch nie gesehen, daß wer so ein Zimmer hat.«
Ich sagte der Joschi, daß das gar nicht mein Zimmer ist, sondern das Zimmer meiner Mutter, und daß ich sie nicht in mein Zimmer hatte führen können, weil dort gerade vier hysterische Weiber eine Hasch-Razzia machten.
Die Joschi seufzte und fuhr sich mit beiden Händen durch die Stoppelfrisur. »Du, dann geh ich wieder«, sagte sie. »Dableiben kann ich ja auch nicht ewig. Aber hast du vielleicht ein bisserl Geld für mich? Ich bin blank.«
Ich hob die Schreibunterlage vom Schreibtisch und nahm den Handkassenschlüssel. In der Kasse hatte die Mama immer Reservegeld. Ich sperrte die Kasse auf. Drei Riesen und ein Brauner waren drinnen.
»Nein, bitte«, wehrte die Joschi ab. »Ich will nicht, daß du wegen mir deine Mutter beklaust!«
»Ich ersetze es von meinem Sparbuch«, log ich. Die Joschi konnte ja nicht wissen, daß ich absolut kein Spare-Froh bin und daß sich auf meinem Sparbuch seit Jahren eine Einlage von zehn Schilling befindet. Ich nahm einen Blauen aus der Kasse und reichte ihn ihr. Dann wollte ich die Kasse wieder versperren, aber plötzlich kam mir etwas ganz Irres in den Sinn! Ich nahm alle Geldscheine aus der Kasse, steckte sie in die Hosenta-

sche, versperrte die Kasse, legte den Schlüssel wieder unter die Unterlage und sagte:
»Wir fahren zu meinem Vater!«
»Den kennst du doch gar nicht«, sagte die Joschi.
»Na und?« fragte ich.
»Und wenn alles ein Irrtum ist?« fragte die Joschi. »Wenn du das falsch kombiniert hast?«
»Das wird sich herausstellen«, sagte ich. »Irgendwann einmal wäre ich sowieso hingefahren. Ich kann das genausogut jetzt tun. Und mit dir zusammen ist es mir lieber als allein!«
Da ich es auf keine Auseinandersetzung mehr mit den vier garantiert in Türnähe lauernden Weibern ankommen lassen wollte, holte ich den Dufflecoat der Mama aus dem Schrank und zog ihn an. Die Ärmel waren mir zwar etwas zu kurz, aber sonst paßte er mir halbwegs. Und die Joschi ließ ich die dünne Jeansjacke gegen Mamas Walklodenjanker vertauschen. Im Waldviertel soll es oft recht kalt sein. Die Joschi mußte die Ärmel zweimal umschlagen, damit ihre Fingerspitzen wenigstens ein bißchen daraus hervorschauten. Und fast bis zu den Knien reichte ihr der Janker. Und weil er eine grelle, dunkelgrüne Farbe hatte, wirkte ihr Gesicht noch bleicher. Direkt wie eine Wasserleiche sah sie aus. Aber sie war garantiert die schönste Wasserleiche, die man je gesehen hat.
Wir sprangen durchs Fenster in den Garten hinaus. Wir liefen zum hinteren Zaun, kletterten darüber und gingen den schmalen Weg der Straße zu. Als wir zum Haus vom Axel kamen und ich Axels offenes Zimmerfenster sah und dahinter den Axel im Schaukelstuhl, mit einem Buch in den Händen, bat ich die Joschi um Papier und Bleistift. Die Joschi holte einen Notizblock und einen

Kugelschreiber aus der Schultasche. Ich schrieb auf den Block:
Axel, richte dem Florian und dem Harri aus, daß sie sich um mich keine Sorgen machen müssen. Eines Tages komme ich wieder. Wolfgang
Der Text kam mir zwar reichlich blöde vor, aber etwas Besseres fiel mir in der Eile nicht ein. Ich riß den Zettel vom Block, knüllte ihn zu einer lockeren Kugel und warf ihn zum Fenster vom Axel. Die Papierkugel landete gut zwei Meter vor seinem Fenster im Gras. Ich schrieb einen neuen Zettel:
Axel, ich haue ab. Sag dem Harri und dem Florian, daß ich sie grüßen lasse. Und irgendwann komme ich sicher wieder. Wolfgang
Ich knüllte den Zettel wieder zu einer Kugel, diesmal zu einer festeren, kleineren und warf sie. Aber der Wind blies zu stark. Diesmal landete meine Botschaft in einem Rosenbusch neben Axels Fenster.
»Du mußt den Brief um einen Stein wickeln, dann kannst du besser zielen, dann vertreibt ihn der Wind nicht so«, sagte die Joschi. Ich schrieb einen dritten Zettel:
Axel, wir hauen ab. Grüß den Harri und den Florian von mir. Alles Gute. Und wünsch es mir auch.
Wolfgang
Die Joschi suchte einen Stein, fand einen zwetschgengroßen, legte ihn wieder weg, sagte: »Sonst haust du ihm noch den Schädel ein«, gab mir einen kirschengroßen, sagte: »Der müßte reichen«, schaute mir zu, wie ich den Zettel um den Stein knüllte, schüttelte den Kopf, meinte, das sei zu locker, holte einen Faden aus der Schultasche und wickelte den Faden um die steingefüllte Papierkugel.

»Wirf du«, sagte ich.
Die Joschi warf den Stein, sie traf exakt ins Fenster. Wir liefen den Weg weiter. Als wir zur Straße kamen, drehte ich mich kurz um und sah den Axel an seinem Fenster stehen. Er schaute in unsere Richtung. Ich glaube, er winkte uns nach.

8. Kapitel

das von tiefen seelischen Eindrücken handelt,
die aber nicht voll zum Tragen kommen,
weil ich ein paar Schwierigkeiten habe,
die ein Herr mittleren Alters das »Defizit
der Wohlstandsjugend« nennt.

Für einen wie mich, der daran gewöhnt ist, bei Anbruch einer Reise ins Auto zu plumpsen und zum Erreichen des Fahrziels nicht mehr beizutragen als die Frage: »Sind wir schon da?«, war der Weg nach Gfurt atemberaubender als Gullivers Reise zu den Zwergen. Öffentliche Verkehrsmittel waren für mich bis dahin unentdeckte Gefährte; abgesehen von der innerstädtischen Bim-bim. Und außer daß man vom Westbahnhof nach Westen und vom Ostbahnhof nach Osten und vom Südbahnhof nach Süden fahren kann, war mir die Reisetätigkeit ohne Pkw ein Mirakel. In einem Zug oder einem Autobus hatte ich – bis auf zweimal Skikurs fahren – in meinen vierzehn Lebensjahren noch nicht gesessen. Daher glaubte ich der Joschi blindlings, als sie mir sagte, ins Waldviertel fahre man vom Franz-Josefs-Bahnhof aus. Dieser Bahnhof war ja gerade noch zu finden, aber wie den ersten Menschen, noch ohne aufrechten Gang, schaute mich der Schalterbeamte an, als ich zwei Karten nach Gfurt und den passenden Zug dazu verlangte. Ein netter Mann war er trotzdem. Obwohl hinter uns Leute warteten, schlug er in einem Buch nach und stellte fest, daß es nach Gfurt überhaupt keine Zugverbindung gibt. Dieser Ortschaft, sagte er, könne man sich bloß listig nähern, mit zweimal Bahn und zweimal Autobus. Und dann halt zu Fuß. Drei Varianten bot er uns an. Alle drei versickerten etwa zehn Kilometer vor Gfurt im Nichts. Und bei allen drei Anfahrtsmöglichkeiten war die Fahrzeit inklusive Wartezeiten ungefähr in der Größenordnung Wien–New York. Und was noch schlimmer war: Man hatte die Reise nach Gfurt am frühen Morgen anzutreten. Jetzt, am Nachmittag, bekam man keinen der Anschlußbusse mehr.

Eine Frau, die hinter uns wartete, riet uns, nach Schönau zu fahren, das sei noch mit der Bahn zu erreichen. Von dort, meinte sie, könnten wir mit Autostop weiterkommen. Der Mann, der hinter der Frau stand, sagte, sie solle Jugendliche nicht zum Autostop verleiten, das sei zu gefährlich. Und die Frau, die wiederum hinter dem Mann stand, rief erregt, ob denn an diesem Schalter gar nichts weitergehe, sie werde noch ihren Zug versäumen!

Die Joschi zog mich am Ärmel. »Komm weg da«, flüsterte sie. »Zum Schluß fragen uns die noch aus und merken was!«

Ich fand das zwar absurd, denn die Leute scheren sich in Wahrheit umeinander überhaupt nicht. Ob da ein toter Rentner drei Wochen in seiner Wohnung liegt oder zwei Kinder von zu Hause abhauen, ist ihnen stinkegal; aber ich wollte die Joschi nicht noch mehr in Panik treiben. So ging ich halt mit ihr vom Schalter weg.

Wir setzten uns auf eine Bank in der Schalterhalle.

»Hat doch alles keinen Sinn«, sagte die Joschi. »Nie kommen wir in dieses Scheißnest. Und überhaupt. Er kann ja auch weg sein. Und vielleicht ist er gar nicht dein Vater. Oder er wirft uns hinaus. Und schließlich hab ich die Adresse nur von der Schwester seiner ehemaligen Freundin. Vielleicht hat sie sich geirrt!«

Milde wie ein alter Krankenpfleger setzte ich der Joschi

auseinander, daß mir ihre Bedenken schon längst gekommen seien, daß es im Moment aber bloß darum gehe, irgendein Ziel anzupeilen, weil wir schließlich nicht in der Schalterhalle vom Bahnhof übernachten könnten. Die Joschi murmelte, daß ich das alles zu wenig ernst nehme.

»Okay«, sagte ich. »Dann nimm es halt ernst und geh nach Hause! Ich kauf mir eine Karte nach Schönau. Und von dort schau ich, wie es weitergeht! In zehn Minuten fährt nämlich ein Zug!«

Natürlich hätte ich die Joschi nicht mutterseelenallein zurückgelassen, aber ich war sicher, daß sie mir nachkommen würde. Wenn man so verzweifelt und ratlos ist, wie es die Joschi war, braucht man einfach einen Schubs; sonst bleibt man hocken und tut gar nichts. Ich hatte recht. Auf halbem Weg zum Schalter war die Joschi wieder neben mir.

Der Zug war ziemlich voll. Uns gegenüber saß ein Ehepaar. Kaum hatte der Zug den Bahnhof verlassen, schloß der Mann die Augen und fing zu schnarchen an. Die Frau erklärte uns seufzend, daß ihr Gemahl alle Zugfahrten so zubringe. Sie war sichtlich auf Unterhaltung mit uns aus. Sie erzählte uns, daß sie bei ihrer Tochter zu Besuch gewesen sei und jetzt wieder heim nach Schönau fahre. Und daß sie dort ein Geschäft habe. Und daß sie in drei Jahren in Pension gehen werde. Und daß sie sich für dann einen Enkel wünsche. Ich erzählte ihr, daß wir – meine Schwester und ich – zu unserer Oma unterwegs seien. Die wohne in Gfurt. Und habe den siebzigsten Geburtstag. Und zu dem wollten wir ihr gratulieren. Und von Schönau würden wir versuchen, per Autostop weiterzukommen. Und mit dem Zug seien

wir unterwegs, weil unser Papa und unsere Mama grippekrank seien und uns deshalb nicht mit dem Auto hinbringen könnten.
Die Frau war gerührt. Enkel, die so umständliche Reisen auf sich nehmen, um der Omi eine Freude zu machen, sagte sie, seien rar. Ob wir anstandslos von der Schule frei bekommen haben, fragte sie mich. Sie habe nämlich schon gehört, daß die Schuldirektoren da sehr stur sein können. Ihrer Nichte sei nicht einmal für die Silberhochzeit der Großmutter ein schulfreier Tag genehmigt worden. Ich sagte ihr, unser Herr Hofrat sei ein netter Mensch, und weil wir beide Vorzugsschüler seien, habe er es anstandslos erlaubt.
Die Joschi war still. Kein Wort trug sie zur Unterhaltung bei. Aber die geschälten Orangen und die Kekse, die ihr die Frau reichte, aß sie.
Der Zug zuckelte schon gut zwei Stunden durch die öde Gegend, da kam ein Mädchen, so um die zwanzig, durch den Waggon. Meine Visavis-Frau hielt sie auf.
»Servus, Christerl«, sagte sie. »Geht's wieder heim?«
Die Christerl nickte, dann sagte sie der Frau, sie sitze einen Waggon weiter vorne, aber in diesem Waggon sei das Klo total verdreckt, sie schaue sich das Klo in unserem Waggon an. Ob das benutzbar sei. Dann wankte sie – weil der Zug so ruckelte – dem Klo zu. Die Frau schaute ihr nach. »Ein sehr liebes Mädchen«, sagte sie zu mir. Und als das Mädchen im Klo verschwunden war, sagte sie: »Daß die Christerl mitfährt, ist gut für euch! Die wohnt in der Nähe von Gfurt. Und ihr Papa holt sie sicher ab von der Bahn. Der kann euch mitnehmen. Da habt ihr dann nur noch ein paar Kilometer, zehn oder fünfzehn!«
Nach der nächsten Station kam das Mädchen, das Chri-

sterl hieß, wieder zurück. Alle Klos den Zug lang, klagte sie, seien total verdreckt, sie werde lieber bis zu Hause warten. Die Frau erklärte ihr zuerst, daß es schädlich sei, den »Drang zu verhalten«, dann schilderte sie in bewegten Worten unser Großmutter-Problem, und da wurde die Sache ziemlich peinlich! Auf dem Land kennt anscheinend jeder jeden, auch wenn der etliche Kilometer entfernt wohnt. Das Mädchen Christerl war sofort bereit, uns mitzunehmen, aber sie erklärte uns auch sofort zu den Enkelkindern der Frau Huber, weil die in Gfurt die einzige sei, deren Nachwuchs in Wien lebt. Und sie war erstaunt, daß die Huber schon den siebzigsten Geburtstag hatte! Und daß die Huber-Enkel schon so groß seien! Als sie mich auch noch fragte, ob unser Cousin Hubert ebenfalls zur Geburtstagsfeier kommen werde, wußte ich nicht weiter. Ich linste zur Joschi hin. Die saß bleich und zittrig am Fenster und tat, als sei sie an der vorbeiflitzenden Landschaft interessiert.
»Den Hubert kenn ich nämlich gut«, sagte das Mädchen Christerl. »Im Sommer treff ich ihn oft im Bad, da kommen alle Jungen aus der Gegend zusammen!«
Ich überlegte noch, ob ich den »Cousin Hubert« zur Geburtstagsfeier erscheinen lassen solle oder nicht, doch da sagte die Joschi:
»Wir haben keinen Cousin Hubert. Unsere Oma ist nicht diese Frau Huber. Unsere Oma wohnt überhaupt nicht richtig in Gfurt. Sie ist nur bei unserem Onkel zu Besuch. Der wohnt in Gfurt.«
Die Frau und das Mädchen Christerl schauten erstaunt. Schließlich hatte ich ja die ganze Zeit über, als sie mich als Huber-Enkel eingeteilt hatten, nicht protestiert!
»Mein Bruder hört schlecht«, sagte die Joschi. Dazu lächelte sie entschuldigend.

So etwas Vertrotteltes! Am liebsten hätte ich ihr einen Boxer in die Rippen gegeben!
»Ach so«, sagte die Frau und schaute mich mitleidig an.
»Ach so!« sagte das Mädchen Christerl und schaute auch mitleidig. Dann wollte es von der Joschi wissen, wer unser Onkel sei. Ohne mit der Wimper zu zucken, sagte die Joschi, unser Onkel heiße Johannes Müller und lebe seit ein paar Jahren in Gfurt. Und er sei Übersetzer.
Mir wurde ganz flau im Magen. Gleich, dachte ich mir, gleich wird das Mädchen sagen, daß es in Gfurt doch gar keinen Müller gibt, der Übersetzer ist. Wie drei Ewigkeiten lang kamen mir die paar Sekunden vor, bis das Mädchen Christerl sagte:
»Ach so, zu dem gehört ihr!«
Wahrscheinlich hielten uns die Frau und das Mädchen Christerl für zwei recht irre Stücke. Es muß ja auch merkwürdig wirken, wenn zwei Geschwister plötzlich, ganz ohne ersichtlichen Grund, laut und hörbar aufseufzen, lächeln und dann locker und gelöst in die Sitze zurücksinken, als habe man eine Zentnerlast von ihren zarten Körpern entfernt. Gottlob rettete uns der Mann der Frau aus dieser sonderbaren Situation. Er machte einen lauten Schnaufer und riß die Augen auf. Das lenkte die Frau und das Mädchen ab.
»Wo sind wir denn?« fragte er und gähnte.
Die Frau lachte und sagte, er könne ruhig wieder einschlafen, bis Schönau dauere es noch eine halbe Stunde. Der Mann schloß wieder die Augen.
»Ihr könnt's euch aber schon zamm' richten«, sagte das Mädchen Christerl zur Joschi. Seit sie von meiner Schwerhörigkeit erfahren hatte, redete sie mich nicht mehr an. »Wir steigen drei Stationen vorher aus!«

Daß wir, außer Joschis Schultasche, nichts zum »Zamm'richten« hatten, schien sie ein wenig zu erstaunen.
»Wir bleiben ja nur bis morgen«, murmelte die Joschi. »Morgen holt uns ein anderer Onkel ab!«
»Ach so«, sagte das Mädchen Christerl.
»Ach so«, sagte die Frau.
Und sie schauten einander verstohlen mit einem Blick an, der hieß eindeutig: Ein bissl plem-plem die zwei!
Wir verabschiedeten uns von der Frau, und ich bedankte mich bei ihr, daß sie uns die Weiterfahrt vermittelt hatte. Die Frau sagte huldvoll: »Man hilft ja gern, wenn's geht!« Dem bereits wieder schnarchenden Mann nickten wir auch zu, dann wanderten wir hinter dem Mädchen Christerl in den vorderen Waggon und halfen ihr, drei Koffer, zwei Taschen und etliche Plastiksackeln aus der Gepäckablage zu holen. Dabei erzählte uns das Mädchen Christerl, daß sie diesmal für »lange« nach Hause zurückfahre. Sonst, sagte sie, komme sie bloß zu den Feiertagen und über manche Wochenenden, nun sei aber ihre Mutter krank geworden und sie müsse die kleinen Geschwister versorgen. Drei große Prüfungen, sagte sie, hätte sie im nächsten Monat machen sollen, wie eine Blöde habe sie dafür gestuckt. Und nun sei alles umsonst. Das ganze Semester sei damit verloren. Aber ihre zwei großen Brüder, die könnten natürlich in Wien bleiben, die seien zwar Idioten und dächten gar nicht ans Prüfungmachen, aber dafür seien sie halt Männer!
Der Bahnhof, auf dem wir aus dem Zug kletterten, war ein winziger. Außer uns dreien stieg niemand aus, und außer dem Mann mit der roten Mütze und der grünen Scheibe stand nur ein dicker Mensch, angetan mit einem Förster-Frack, auf dem Bahnsteig. Der winkte zu uns

hin und kam auf uns zugerollt. Mit beiden Patschhänden griff er nach dem Kopf vom Christerl – es sah fast so aus, als wolle er ihr den Schädel ausreißen –, zog den Christerl-Kopf zu sich und schmatzte etliche Küsse auf die Christerl-Nase. Die Christerl hielt stocksteif still, als der Dicke dann endlich ihren Kopf losließ, wischte sie dezent, aber hurtig die nasse Nase am Jackenärmel ab. Hierauf klatschte der Dicke dem Christerl dreimal auf den Hintern und rief:

»Gar nix mehr dran an dir, Madel! Scham dich!«

Dann setzte das Christerl dem Dicken unsere angeblichen Großmutter-Schwierigkeiten auseinander. Der Dicke sagte, er werde uns nicht nur ein Stück mitnehmen, er werde uns bis zum Haus vom Müller bringen, weil »so a klana Umweg olleweu drin sei muß!«

Der Dicke bepackte sich mit sämtlichen Gepäckstücken – uns ließ er nichts tragen – und ging mit uns an den Klohäuseln vorbei zu einem Parkplatz, und ich war sehr erstaunt, daß wir auf einen großen, nagelneuen Mercedes zuschritten. Stadtleute, die solche Autos besitzen, schauen nämlich ganz anders als der Dicke!

Meine Angst, der Dicke werde uns wieder allerhand peinsame Fragen stellen, war unbegründet. Total unbehelligt hockten die Joschi und ich, Hand in Hand, im Fond des Mercedes. Der Dicke erzählte dem Christerl von der Krankheit der Mama und von einem Waldstück, das er kaufen wolle.

Dann fuhren wir, da war es schon ein bißchen dämmrig, durch eine kleine Ortschaft, und da bremste der Dicke plötzlich und schob dann im Retourgang drei Häuser zurück, bis wir vor einem Haus waren, auf dem »Wirtshaus und Fleischerei Huber« stand. Der Dicke deutete auf drei Autos, die vor dem Gasthof geparkt waren.

»Hab ich mich doch net geirrt«, sagte er. »Der Müller ist beim Wirten!«
»Sind wir schon in Gfurt?« fragte ich.
Die Christerl erklärte mir, wir seien noch nicht in Gfurt, aber das Gasthaus Huber sei ein in der ganzen Gegend beliebtes. Und der Dicke sagte, daß unser werter Müller-Onkel gern hier ein Bier trinke.
Ich sagte: »Danke fürs Mitnehmen!«
Die Joschi sagte: »Danke fürs Mitnehmen!«
Der Dicke sagte: »Kein Ursach, gern geschehen!«
Die Christerl sagte: »Habt's es gut!«
Dann waren wir aus dem Auto draußen, der Mercedes wendete vor dem Gasthaus und zischte in die Richtung, aus der wir gekommen waren, ab.
Ich schaute mir die drei geparkten Autos an. Eines war ein neuer BMW. So ein teures Auto traute ich einem armen Übersetzer nicht zu. Eines war ein Ranch-Rover. Der kam mir auch zu kostspielig vor. Außerdem lag auf dem Fahrersitz ein Steirerhut. Der Johannes Müller war in meiner Vorstellung nicht steirerbehütet! Das dritte Auto hatte eine Wiener Nummer. Es war ein uralter Alfa Romeo, eine Giulia, Baujahr 70 ungefähr, noch die ganz toll eckige Sorte von Karosserie. Auf dem Rücksitz stand ein großer Karton mit Eiern, daneben lag eine Tragtasche, aus der schaute ein Brotwecken heraus. Als ich den Brotwecken sah, merkte ich, daß ich Hunger hatte.
»Der Alfa ist sicher seiner«, sagte die Joschi.
»Gehen wir rein, ihn suchen?« fragte ich.
Die Joschi schüttelte den Kopf. Auf keinen Fall, erklärte sie, gehe sie da hinein. Das traue sie sich nicht. Ich tat, als fände ich das lächerlich. In Wirklichkeit grauste mir aber auch ganz mächtig davor, ins Wirtshaus zu gehen,

den Wirt nach dem Herrn Müller zu fragen, auf die bezeichnete Person zuzugehen und dann weiß-der-Kukkuck-was-denn eigentlich zu sagen. Wenn ich mir die Sache genauer überlegte, erschien es mir sogar unmöglich. Ich wollte zu den Fenstern vom Wirtshaus hin, um in die Gaststube zu spähen, doch auch davon hielt mich die Joschi ab. »Nein, nein, wie schaut denn das aus, wenn uns wer sieht?« sagte sie und packte meine Hand.

»Okay«, sagte ich. »Dann warten wir halt hier, bis er herauskommt!«

»Ich muß aber aufs Klo«, sagte die Joschi. »Und so einen Hunger hab ich auch.«

»Rein willst du nicht, draußen bleiben willst du nicht, was willst du eigentlich?« schnauzte ich die Joschi an; was sehr ungerecht war, weil ich mir selbst die gleiche Frage hätte stellen können.

»Ich möcht reingehen und Würstel essen und aufs Klo, aber noch nicht nach deinem Vater fragen«, sagte die Joschi. »Wir können ihn doch zuerst einmal anschauen. Vielleicht sagt jemand laut zu ihm ›Herr Müller‹, dann wissen wir, wer er ist!«

Mir erschien das als brauchbarer Kompromiß. Wir marschierten durch die offene Tür ins Wirtshaus, ich ging auf die Tür mit der Aufschrift »Gaststube« zu, die Joschi wieselte weiter, zur Tür mit den Doppelnullen.

Jungfrau, sprich dein letztes Gebet, murmelte ich mir zu und machte die Tür auf. Die Gaststube war ziemlich leer. An zwei Tischen saßen je zwei Männer, aber die nahm ich gar nicht so richtig wahr, denn an der Theke, gleich neben der Tür an der Espressomaschine, lehnte ein Mann – vor ihm lag ein Hund –, und der Mann war der Johannes Müller! Und der Johannes Müller war eindeutig mein Vater! Mir blieb die Luft weg vor lauter andächtigem Staunen, daß einem jemand derart ähnlich sehen kann. Er war, echt und ehrlich, ein etwas verknittertes, etwas abgenutztes Duplikat von mir! Man könnte auch sagen, ich sei die restaurierte Ausgabe seiner Person! Die Augen, der Haaransatz, die Nase, das Kinn samt der kleinen Querfalte unter der Lippe, die Augenbrauen, die über der Nase fast zusammenwuchsen, sogar die – wie Doris sagt – unmännlich langen Wimpern, alles stimmte. Ich hab mich mein Lebtag lang ja schon gewundert, daß ich mit niemandem in meiner Familie auch nur ein Fuzerl Ähnlichkeit habe. Habe ich alle meine blonden, blauäugigen, weißhäutigen Weiber angeschaut, hab ich mir schon immer gedacht, daß ich mein familienfernes Aussehen von meinem Vater haben muß. Aber damit, daß ich auf einen alten Zwilling treffen könnte, hatte ich nicht gerechnet. Als ob mich der Mann allein erzeugt hätte, als ob dabei kein einziges Mama-Gen mitgemischt hätte, kam es mir vor.

Der Johannes Müller stellte das Bierkrügel auf die Theke und schaute mich an. Der Riesenhund hob den Kopf und schaute auch.

»Suchst du wen?« fragte mich der Müller. Ich nickte, schloß die Tür und schaute ihn weiter an. Angst hatte ich keine mehr. Vor einem verknitterten Zwilling braucht man sich nicht fürchten. Der Hund erhob sich und beschnupperte mich. Ich streichelte ihn und dachte: Der muß doch merken, daß ich ihm gleiche wie eine Kompottzwetschge der Dörrpflaume! Das gibt es doch nicht, daß er das nicht merkt! Aber der Kerl tat nichts, was diese Annahme bestätigt hätte. So trat ich noch dichter an ihn heran, der Hund folgte mir, ich sagte:

»Ich heiße Wolfgang Obermeier. Ich bin der Sohn der Frau Dr. Moni Obermeier. Ich bin vierzehn Jahre alt.«

Damit, dachte ich, sei genug gesagt.
»Ja und?« fragte die Dörrpflaume. Es klang allerdings etwas unsicher.
»Sie sind doch der Herr Johannes Müller, oder?« fragte ich. Die Dörrpflaume nickte.
Enttäuschung, getupft mit etlichen Sprenkeln Empörung, machte sich in mir breit. Vom neunundneunzigkomma-neun Prozent garantierten Papa nichts als ein verblödetes »Ja und?« auf eine einmalige, tieferschütternde Offenbarung zu erhalten, ist ja auch eine tragische Sache.
Am liebsten wäre ich umgedreht und hätte die Gaststube verlassen. Auf einen Na-und-Dörrpflaumen-Papa war ich nicht aus. Auf einen Vater ohne Erinnerungsvermögen und Scharfblick konnte ich spielend verzichten. Aber im Moment ging es ja gar nicht um mich, sondern um die Joschi, und ich fühlte mich verpflichtet, meine negativen Emotionen hintan zu stellen. Ich sagte: »Sie haben doch meine Mutter gekannt. Früher, wie ich noch nicht auf der Welt war!«
Mein alter Zwilling nahm einen großen Schluck vom Bier, wischte mit einer Hand über die Oberlippe, obwohl auf der gar kein Bierschaum war, legte die Stirn in zwei Querfalten und betrachtete mich eingehend.
Ich legte meine Stirn ebenfalls in zwei Querfalten und zauberte mein berühmtes Grübchenlächeln in die Mundwinkel, weil dem angeblich – zumindest laut Tante Fee – niemand widerstehen kann.
Der alte Zwilling tat desgleichen. Allerdings zuckte sein linker Mundwinkel beim Lächeln ein wenig nervös.
Nach kurzer Zeit des einander-Belächelns, legte mein alter Zwilling eine dritte Falte auf der Stirn zu und fragte: »Bist du zu mir gekommen?«

Ich legte auch eine dritte Falte zu und sagte:
»Genau!«
Da griff der Johannes Müller wieder zum Bierkrügel, trank es leer, holte einen Zwanziger aus der Hosentasche, legte ihn auf die Theke neben das leere Glas und sagte:
»Na, dann gehen wir halt!«
Eigentlich sagte er das eher zum Hund, ich fühlte mich aber trotzdem betroffen und ging mit dem Müller aus der Gaststube. Der Hund flitzte zur offenen Haustür hinaus, auf den alten Alfa zu.
»Das Vieh ist ein leidenschaftlicher Autofahrer«, sagte der Johannes Müller.
Ich schaute mich nach der Joschi um, aber die war nirgendwo zu sehen. Ich deutete zur Doppelnull-Tür. »Meine Freundin ist noch im Klo«, erklärte ich. »Ich wär auch gar nicht gekommen, wenn die nicht wär. Wegen ihr bin ich da. Sie sitzt nämlich halshoch im Dreck!«
»Ach, so ist das«, murmelte die Dörrpflaume, aber ich glaube, er kannte sich absolut nicht aus.
Ich ging zur Häuseltür. Ich wollte klopfen, aber die Klotür war bloß angelehnt. Das Klo war leer. Ich lief vors Haus und rief: »Joschi, Joschi!« Nichts rührte sich, keine Joschi war zu sehen. Aber viel war überhaupt nicht zu sehen, weil es schon ziemlich dunkel war.
Der Johannes Müller kam auch vors Haus. »Wie seid ihr denn hergekommen?« fragte er. Ich gab ihm keine Antwort, ich rief weiter nach der Joschi.
»Na, dreh bloß nicht durch«, sagte der Müller. »Weit kann sie ja nicht sein!«
Ich hörte mit dem Joschi-Gebrüll auf und erklärte dem Müller, daß die Joschi in einer gefährlichen psychischen Lage sei. Im Telegrammstil teilte ich ihm sämtliche Jo-

schi-Verhängnisse mit. Der Müller tat durch Seufzer seine Anteilnahme kund. Davon tauchte die Joschi aber leider nicht auf. Wir suchten die Umgebung ums Haus herum ab, wir gingen ins Haus zurück, durch den Flur, zum Hof. Auch dort war keine Joschi. Dem Riesenhund kam das Benehmen seines Herrchens sonderbar vor. Er sauste zwischen dem Alfa und uns hin und her. Und bellte. Ganz so, als wollte er sagen: Hör mit dem Idiotenspiel auf und steig ins Auto und fahr endlich heim!
»Jetzt können wir zweierlei machen«, sagte der Müller. »Entweder wir gehen wieder ins Wirtshaus und warten, daß sie kommt, oder wir fahren sie suchen!« Er zeigte zum Alfa hin. »Wenn sie weggegangen ist, müssen wir sie ja bald eingeholt haben.«
»Ich weiß doch nicht, in welche Richtung sie gegangen sein könnte«, wandte ich ein.
Der Müller ging aufs Auto zu. Als er den Autoschlüssel aus der Hosentasche holte, beruhigte sich der Riesenhund. Er hörte zu bellen auf. »Dann fahren wir zuerst einmal Richtung Schönau«, sagte der Müller. »Und wenn wir sie nicht sehen, drehen wir um und fahren Richtung Gfurt.« Er öffnete die Tür zum Fond, und der Hund sprang in den Wagen. Mich ließ er auf den Beifahrersitz. Und holte fluchend den Brotsack und den Eierkarton unter dem Hund hervor. »Nowak, du Luder«, schimpfte er. »Spinnst, oder was? Haut sich der Depp einfach über die Eier drüber!« Er stellte die Eier und das Brot in den Kofferraum, dann setzte er sich hinter das Lenkrad. Und sagte: »Hoffentlich springt er an! Er hat nämlich so seine Tücken!«
Das Auto hatte tatsächlich seine Tücken! Ewig lang kam es mir vor, bis der Motor endlich nicht mehr abstarb und wir losrollten. Wir fuhren die Straße, Richtung Schönau.

Kein Auto kam uns entgegen, keine wandernde Joschi holten wir ein. Nach etwa zwei Kilometern sagte der Müller:
»Ich kehr um! So weit kann sie ja noch gar nicht gekommen sein in den paar Minuten!«
An einer Bushaltestelle, wo die Straße etwas breiter war, wendete der Müller:
»Im Handschuhfach sind Zigaretten«, sagte er. »Falls du magst!«
Ich wollte.
»Für mich bitte auch eine«, sagte der Müller, als ich mir eine Zigarette anzündete. Ich zündete also auch eine für ihn an und reichte sie ihm.
»Ich hab dich zuerst gar nicht wiedererkannt«, sagte der Müller dann. »Du hast dich verändert. Wie ich dich das letzte Mal gesehen habe, da warst du noch wie ein Kind. Ganz anders!«
Was heißt da, verändert, dachte ich. Was heißt da wiedererkannt, dachte ich. Wovon redet der Kerl eigentlich, dachte ich. Aber ich schwieg.
»Na ja«, sagte der Müller. »Das muß ja jetzt auch schon wieder zwei, aber was sag ich, drei Jahre muß das schon her sein. In deinem Alter verändert man sich da!«
»Ich sehe Sie heute zum ersten Mal«, sagte ich.
Der Müller nickte zustimmend. Dann fragte er:
»Sag einmal, weiß deine Mutter überhaupt, daß du zu mir gefahren bist?«
»Sie weiß nicht einmal, daß ich weiß, daß es Sie gibt«, sagte ich. »Das hab ich selber herausgekriegt.« Und dann, nach ein paar Sekunden, fügte ich hinzu: »Und ich hab auch nicht gewußt, daß Sie mich kennen. Ich hab so eine Art Tagebuch von der Mama gefunden, und da steht drin, daß sie alles vor Ihnen geheimhält und so.

Ich hab geglaubt, Sie wissen gar nicht, daß es mich gibt.«
»Ach, du mein liebes Bißchen«, seufzte der Müller. »Das ist ja noch wesentlich verzwickter, als ich dachte. Ich hab gedacht, die Lady hat dir deine Abstammung zum vierzehnten Geburtstag offenbart, oder so was in der Preisklasse!«
Ich schüttelte den Kopf, aber das sah der Müller, die Straße beobachtend, wahrscheinlich nicht. Ich schaute ihn mir ziemlich verstohlen von der Seite an und versuchte, die Zigarette genauso wie er, ohne Hilfe der Finger, im linken Mundwinkel festzuhalten. Was mir nicht gelang. Rauch stieg mit in die Nase. Ich mußte husten.
»Zuerst hab ich tatsächlich nicht gewußt, daß deine Mutter schwanger ist«, sagte der Müller. »Keine Ahnung hab ich gehabt. Unsere Beziehung war nicht so – so – na ja, es war eine eher lockere Beziehung halt. Und dann bin ich weg, ins Ausland . . .«
»Nach Griechenland«, unterbrach ich ihn. »Ich hab das herausgekriegt. Von einer ehemaligen Freundin von Ihrem anderen Sohn!«
»Aber so was kann ja kein Geheimnis bleiben«, fuhr der Müller fort. »Man hat ja Freunde und Bekannte. Das redet sich doch herum. Ist ja auch lächerlich zu glauben, so was verheimlichen zu können. Schon wie ich in Griechenland war, hab ich es erfahren. Aber, um ganz ehrlich zu sein, ich hab damals mit der Botschaft nicht viel anzufangen gewußt. Noch einen Sohn zu haben, hat mir getaugt wie die Kröte in der Bohnensuppe!« Er fuhr langsamer, wendete sich mir zu und fragte: »Nimmst du mir das übel?«
»Aber nein«, antwortete ich, eher höflich als ehrlich.
»Wie ich dann aus Griechenland zurück war«, sagte der

Müller, »da wollte ich dich kennenlernen. Aber deine Mutter war dagegen. Und irgendwelche Rechte hab ich ja nicht gehabt. Und ich hab mir gedacht, die Beziehung zu dir muß ohnehin schieflaufen, wenn deine Mutter dagegen ist. Ein paarmal, an verkitschten Gemütstagen«, der Müller lachte, »da bin ich zu deiner Schule gegangen und hab gewartet, bis du rauskommst. Und ein paarmal hab ich dich auch in eurem Garten beobachtet, beim Spielen. Einmal hat mich deine Mutter dabei gesehen und hat mir nachher telefonisch eine Riesenszene gemacht, daß sie mich auf Besitzstörung verklagen wird!«
»Auf Besitzstörung?« fragte ich entsetzt.
»Pardon«, sagte der Müller, »das war nur eine böse Pointe von mir. Sie hat irgend etwas anderes angedroht, ich weiß nicht mehr genau was. Jedenfalls war sie ganz hysterisch und hat gesagt, ich greife in Leben ein, die mich nichts angehen!«
Weiter kam der Müller in seinem Bericht nicht, denn vor uns auf der Straße – mitten auf der Straße – im Scheinwerferlicht, stand die Joschi mit flehend erhobenem Daumen.
»So ein Trampel«, rief der Müller und bremste so scharf, daß es den Alfa querstellte, aber die Joschi überfuhr er gottlob nicht. Den Riesenhund schleuderte die Notbremsung vom Rücksitz, er bellte empört. Der Müller und ich sprangen aus dem Auto.
»Mädchen, bist du des Teufels?« brüllte der Müller. »Auf die Art wirst nicht lang leben!«
Die Joschi zitterte wie das berüchtigte Espenlaub. Mehr als »Ich hab nicht gewußt, daß du im Wagen bist!« brachte sie nicht heraus. Ich führte sie zum Alfa, schob sie zur Tür am Beifahrersitz hinein und drückte sie auf den zerschlissenen Polstersitz. Der Müller stieg auch in

den Wagen. Und ich versuchte, den Riesenhund, der sich wieder auf den hinteren Sitzen breitgemacht hatte, so weit zu verdrängen, daß ich auch Platz fand. Das gelang mir halbwegs. Der Müller startete wieder mehrmals, fluchte über den Alfa, sagte zwischendurch zur Joschi, daß sie ihm mindestens zehn weiße Haare eingebracht habe und daß sich ein Autostopper tunlichst am rechten Straßenrand aufzuhalten habe, dann war die Kutsche endlich willig, der Motor schnurrte, und wir fuhren weiter.

Ich beugte mich vor und streckte eine Hand zwischen Seitenwand und Vordersitz durch und streichelte Joschis Schulter. Der Hund setzte sich neben mir auf und fing an, meinen Hals abzuschlecken, als müßte er mich intensiv säubern.

»Warum bist du denn weg, Mädchen?« fragte der Müller.

»Ich wollte nicht stören«, sagte die Joschi leise.

»Was wolltest du nicht?« fragte der Müller.

»Nicht stören«, sagte die Joschi etwas lauter. »Weil das doch wichtig ist für den Wolfgang. Und weil ich nicht gewußt habe, wie Sie sind. Ob Sie die Polizei gleich anrufen. Oder so!« Die Joschi schaute den Müller an. Ganz sicher, daß er nicht doch die Polizei gleich anrufen würde, war sie anscheinend nicht.

»Ich bin nicht sehr behördenlieb«, sagte der Müller.

»Das ist fein«, sagte die Joschi. Ihre Stimme klang nicht mehr gar so hoffnungslos traurig. Sie zitterte auch kein bißchen mehr. Das fühlte meine Hand an ihrer Schulter.

Wir fuhren gar nicht besonders lange, dann kamen wir durch einen kleinen Ort und bogen am Ortsende auf einen Güterweg ab, und wieder nach ein paar Minuten hielten wir vor einem kleinen Haus.

»Endstation«, sagte der Müller.
Wir stiegen aus dem Auto, der Müller holte die Eier und den Brotsack aus dem Kofferraum, die Joschi lehnte sich an mich, ich legte einen Arm um ihre Schultern, und die Joschi hauchte mir einen sanften Kuß auf den Hals.
»Ich hab dich sehr lieb«, flüsterte sie. Ich hätte ihr gerne gesagt, daß ich sie noch viel-viel-viel lieber habe, doch der Riesenhund wollte an der zärtlichen Veranstaltung teilnehmen und sprang an mir hoch und wollte wieder an meinen Hals heran.
»Nowak, benimm dich!« rief der Müller. »Nowak, komm her, sonst mach ich Blunzen aus dir!« Aber der Nowak-Hund parierte nicht. Der Müller mußte ihn von mir herunterholen. Als das endlich geschafft war, war der günstige Augenblick für meine Liebeserklärung vorüber.
Hinter dem Müller und Nowak her gingen die Joschi und ich ins Haus. Das Haus hatte einen Vorraum, eine Küche, eine große Stube und eine kleine Kammer. Und vom Vorhaus führte eine Treppe, die aber mehr eine Leiter war, zum Dachboden hinauf. Möbelstücke waren nicht viele in der Küche und den zwei Zimmern. Aber sonst lag sehr viel herum. Um es deutlich zu sagen, so was von Schlamperei hatte ich noch nie gesehen. Dagegen war meine eigene Bude ein aufgeräumtes Nähkästchen! So viele Kubikmeter vermischte Güter, frei auf alten Holzböden gelagert, hatte ich überhaupt noch nie gesehen. Hosen, Bücher, Hemden, benutztes Geschirr, Pullover, Stöße von beschriebenem Papier, Zeitungen, Aktenordner, leere und volle Flaschen, auch ein paar ungerahmte Bilder, etliche Wollknäuel und Wollsträhnen und weiß der Kuckuck, was sonst noch, türmten sich da zuhauf.

»Das ist nicht meine Schlamperei«, sagte der Müller. »Ich bin ein relativ ordentlicher Mensch. Eine Dame hat bei mir gewohnt, von der stammt der meiste Dreck. Sie hat mich vor vierzehn Tagen verlassen. Und ich bin aus Gründen der Pietät noch nicht fähig, das ganze Environment zu zerstören!«
Im Winkel bei den Fenstern, im großen Zimmer, war ein Schreibtisch. Mit einer Schreibmaschine drauf. Auf dem war Ordnung. Der Müller setzte sich an den Schreibtisch, nahm ein Blatt Papier und spannte es in die Schreibmaschine und sagte:
»Also, ihr werten Kummerkinder. Ich muß bis morgen früh dringend ein Stück Arbeit erledigen. Das muß um neun Uhr auf der Post sein. Ich erledige das schnell, bevor ich mich euren Drangsalen widme. Wenn ich mich nämlich anderer Leute troubles annehme, muß ich dazu einen Schluck trinken. Und wenn ich getrunken habe, kann ich nicht mehr fehlerfrei tippen! Okay?«
Während der Müller schon emsig auf die elektrische Schreibmaschine losschlug, sagte er noch, eigentlich könnten wir so nett sein und dem Hund eine Dose Futter geben und Tee kochen und eventuell Eierspeise oder sonst was aus den Eiern kochen. Bis wir das geschafft hätten, sei er mit der blöden Arbeit fertig.
Die Joschi und ich waren zwar willig, die Anweisungen vom Johannes Müller auszuführen. Aber in einer fremden, unordentlichen Küche auch nur den Dosenöffner zu finden, ist keine einfache Sache; noch dazu, wo die einzige Art, Dosen zu öffnen, die mir bekannt war, die ist, daß man die Dose unter einen Apparat hält, der an der Wand fixiert ist und auf ein Knöpfchen drückt. So ein Ding war aber in der Müller-Küche nirgendwo an der Wand. Die Joschi fand schließlich ein kleines Ding

mit einer Flügelschraube – oder wie man so etwas nennt – und erklärte mir, man müsse den Stachel, den das Ding hatte, in die Dose schlagen. Mit der Faust, behauptete sie. Ich versuchte es und zwickte mir die Haut vom kleinen Finger zwischen Dose und Wahnsinnsgerät. Ich brüllte auf. Der Müller kam aus der Stube, nahm mir den Dosenöffner weg und machte damit die Dose auf. Mit den Worten »Sagenhaft, er hält einen Dosenöffner verkehrt herum«, verschwand er wieder in der Stube. Meinen malträtierten Finger, auf dem sich im Nu eine längliche blaurote Blase voll Blut gebildet hatte, schaute er nicht einmal an!
Die Joschi suchte nach einer sauberen Schüssel für das Hundefutter. Sie fand nur eine dreckige und wollte sie abwaschen. Wie eine Blöde schaute sie in der Küche herum und sagte:
»Wolfgang, wo ist denn da die Abwasch?«
Ich steckte den Blasenfinger in den Mund, saugte an ihm, schaute auch wie ein Blöder und sagte: »Da ist keine Abwasch, da ist nicht einmal eine Wasserleitung!«
»Aber ein Haus muß doch Wasser haben!« sagte die Joschi.
»Vielleicht im Badezimmer?« vermutete ich.
Die Joschi tat das Hundefutter in die dreckige Schüssel, weil der Nowak-Hund schon ganz gierig um uns herumwedelte, dann machten wir uns auf die Suche nach Wasser. Ein Badezimmer, das hatten wir bald festgestellt, gab es im Haus gar nicht. Auch kein Klo. Das Klo fanden wir neben dem Haus, an einen Schuppen gebaut. Ein echtes Plumpsklo mit Holzdeckel war das.
»Igittigitt«, sagte ich. »Da leg ich mir Verstopfung zu, da kann ich nicht draufgehen!«
Die Joschi fand das Klo auch schrecklich. Sie werde,

sagte sie, im Falle des Bedarfs, lieber hinter das Haus gehen, in die freie Natur.
Wasser fanden wir vor dem Haus auch. An der Hausmauer war ein steinerner Trog, in den floß aus einem Holzrohr Wasser. Anscheinend pflegte sich der Müller in diesem Trog zu waschen, denn auf dem Trogrand lag eine Seifenschüssel mit zwei Seifenstücken.
Neben dem Trog standen mehrere Plastikeimer. Ich suchte – soweit ich das in der vom Hauslicht erhellten Finsternis erkennen konnte – den saubersten aus und füllte ihn mit Trogwasser. Die Joschi nahm auch einen Eimer und füllte ihn. Dann marschierten wir ins Haus zurück.
»Jetzt kommt das Ärgste«, sagte die Joschi zu mir, als wir in die Küche zurückkamen. »Jetzt müssen wir einheizen!«
Blitzkneißerin, die sie ist, hatte sie die entsetzliche Tatsache, daß die Müller-Küche weder mit einem E-Herd noch einem Gasherd, sondern einem gemauerten Küchenherd bestückt war, schon erkannt.
»Kannst du einheizen? Einen Ofen einheizen?« fragte ich. Die Joschi schüttelte den Kopf.
Wir schauten den Herd genau an. Zwei Türchen hatte er. Eins, das untere, das war mir gleich klar, beherbergte nur ein Blechbehältnis für die Asche. Das Feuer, erklärte ich der Joschi, mußte garantiert hinter dem oberen Türl entzündet werden. Ich wollte vom Holz, das neben dem Ofen lag, Scheite in das obere Loch schieben, aber die Joschi war dagegen. So dicke Holzstücke, sagte sie, könne man nicht anzünden. Kleine, dünne Staberln müßten zuunterst auf den Rost gelegt werden. Das wisse sie von ihrer Oma. Ich schaute mich nach kleinen dünnen Staberln um, aber da waren keine.

»Die schlägt man mit einer Hacke von den großen Stükken ab«, sagte die Joschi.
Tapfer ging ich in die Stube und fragte beim emsig tippenden Müller nach einer Hacke an. Der Müller hielt im Tippen inne.
»Was hast du mit einer Hacke im Sinne?« fragte er.
»Ich will Staberln machen«, antwortete ich.
»Staberln?« Der Müller glotzte verwundert.
»Zum Einheizen«, sagte ich stolz.
Der Müller stand auf. »Das mache ich, mein Sohn! Einer, der zu Spandeln Staberln sagt, dürfte sich bei dieser Arbeit wahrscheinlich die Daumen abhacken!« sagte er.
Der Müller machte nicht nur »Spandeln«. Als er sah, daß ich als Unterzündmaterial eine gefaltete Zeitung auf den Ofenrost legen wollte, murmelte er etwas vom »Defizit der Wohlstandsjugend«, nahm mir die Zeitung weg, knüllte die Seiten zu Kugeln und stopfte sie in das Heizungsloch und sagte:
»So gefällt es dem Ofen besser!«
Er machte sich eindeutig über mich lustig.
Ich schaute ihm genau zu, wie er die Spandeln auf die Papierkugeln legte und dann das Papier anzündete. Ich wollte die blöde Einheizerei erlernen. Morgen, werter Müller, dachte ich, wirst du dich nicht mehr lustig machen können über mich.
Als die Spandeln knisternd und flackernd brannten, machte der Müller das obere Türl zu, trug uns auf, das untere Türl offen zu lassen, sonst habe das Feuer zu wenig Zug, und kehrte zu seinem Schreibtisch zurück. Die Joschi füllte einen Topf mit Wasser und stellte ihn auf den Herd. Zum Geschirrwaschen, sagte sie. Wie eine Brummhummel wieselte sie durch die Küche und suchte Dreckgeschirr zusammen und ordnete es in Glas, Porzel-

lan und Blech. Sie sagte, man müsse zuerst das Glas, dann das Porzellan und zum Schluß das Blech waschen, wenn man nicht in fließendem Wasser, sondern in stehendem wasche. Mir trug sie auf, mit Zeitungspapier den groben Dreck aus dem Geschirr zu putzen, auf daß das Wasser hinterher nicht so arg verschmutze. Ich machte mich an die Arbeit, aber da war kein wischbarer Dreck. Die Essensreste klebten eingetrocknet und beinhart an dem Zeug. So nahm ich ein Messer und kratzte halt. Worauf der Müller aus der Stube kam und sich nach dem nervtötenden Geräusch, dem scharrenden, erkundigte. Ich wies stolz auf das Hauferl undefinierbaren Unrat, den ich schon abgekratzt hatte, der Müller bemühte sich um ein beifälliges Nicken, aber ich merkte doch, daß er ein belustigtes Grinsen nur mühsam verbarg. Dann schaute er zum Ofen, machte das obere Türl auf, seufzte, deutete auf den leeren Rost mit den zwei winzigen Glutbröserln drauf und sprach:

»Oh, ihr Kummerkinder! Feuer braucht Nahrung. Nachlegen muß man schon!« Und eilte aus dem Haus, um neuerlich Spandeln zu machen.

Um die Sache abzukürzen: Der Müller übernahm die Küchenoberleitung, die Joschi assistierte ihm, und ich dödelte zwischen ihnen herum. So nützlich wie ein Klopfstaubsauger in der Wüste kam ich mir vor! Und der Müller tröstete mich noch hämisch mit Aussprüchen wie »Mach dir nichts draus, auch der Alltag ist erlernbar!« und »Aber daß die Milch, bevor sie ins Packel kommt, in einer Kuh war, weißt du schon, oder?«

Ich kann nicht sagen, daß mir das sehr gefiel. Und schon gar nicht freute mich, daß die Joschi über diese Aussprüche lachte. Und überhaupt himmelte sie meinen zerknitterten Zwilling ungeheuer an. Als wir dann schon beim

Eierspeisessen saßen und der Müller wieder so eine fiese Bemerkung machte, irgend etwas über Knabenhände, zu feingliederig für andere Tätigkeiten als Flipperbedienen, wurde ich stocksauer. »He, he, schrecklich witzig!« fauchte ich.
Der Müller entschuldigte sich bei mir. Er sei, sagte er, eben ein kindischer Trottel, er fühle sich der Situation, in die ich ihn gebracht habe, nicht gewachsen und versuche das durch dumme Reden zu vertuschen. Es sei weiß Gott nicht einfach, urplötzlich seinem vierzehnjährigen Sohn gegenüberzusitzen, noch dazu, wo der von zu Hause abgehauen sei und ein ebenfalls getürmtes Mädchen mitgebracht habe.
Damit war der Anpfiff zum ernsten Teil des Abends getan, und der Müller ließ den Ankick auch gleich folgen. Er fragte:
»Also, was erwartet ihr von mir, ihr Kummerkinder?«
Während ich die Antwort überlegte, holte er sich eine Flasche Wein und ein Glas. Als er bereits das halbe Glas ausgetrunken hatte, hatte ich noch immer keine Antwort parat.
»Irgendwas werdet ihr euch doch vorgestellt haben, als ihr euch auf die Socken gemacht habt!« sagte der Müller.
Die Joschi sagte: »Eigentlich nur, daß ich nimmer nach Haus gehen kann. Und daß ich irgendwo hin muß. Und dem Wolfgang sind nur Sie eingefallen. Er ist wirklich nur wegen mir von zu Haus weg. Er hat's ja sowieso dufte und Powidl!«
Ich seufzte, um anzudeuten, daß das eine irrige Meinung sei, doch die Joschi machte bloß eine abschätzige Red-keinen-Plunder-Handbewegung und fuhr fort: »Der Wolfi kann auch jederzeit wieder heim, mehr als

ein bißl Kepplerei hat er sicher nicht zu erwarten. Sonst hätte ich auch gar nicht zugelassen, daß er mit mir geht.« Sie schmierte mit einem Stück Brotrinde ihren Teller aus und steckte den eingefetteten Happen in den Mund. »Aber ich geh nie mehr heim, nie mehr.« Die Joschi schluckte den zerkauten Happen. »Da geh ich lieber als Kuhdirn zu einem Bauern. Oder geheim auf den Strich!«

»Mädchen, Mädchen«, sagte der Müller. »Du redest von Sachen, von denen du keine Ahnung hast!« Er goß neuen Wein in sein Glas und schnitt für die Joschi noch eine Scheibe Brot ab.

Die Joschi grapschte gierig nach dem Brot. »Na klar hab ich keine Ahnung davon«, sagte sie. Und dann erzählte sie dem Müller von der Art von Leben, von der sie viel Ahnung hatte. Vom Leben mit einer sturen, gleichgültigen Mutter und einem jähzornigen, brutalen Vater. Alles andere, sagte sie, müsse besser sein, als so zu leben. Und weil die Joschi die Sache mit der Schulternarbe nicht erwähnte, erzählte ich sie.

Und darauf sagte die Joschi, das mit der Schulter sei gar nicht so sehr arg gewesen, viel ärger sei es gewesen, wie er ihr einmal, als sie noch ein kleines Kind war, den Zeigefinger mit dem Feuerzeug verbrannt habe, weil sie unerlaubt mit Zündhölzern gespielt hatte; damit sie sich vor Feuer fürchten lerne. Und wie die Joschi mit der Sache fertig war, sagte sie:

»Aber das war auch nicht das Ärgste, viel schlimmer war noch ...« Und so ging das weiter. Fast bis Mitternacht erzählte die Joschi von dem, was ihr der grausliche Vater alles angetan hatte. Ganz heiser war ihre Stimme schon. Um Mitternacht schließlich sagte der Müller, die Joschi möge aufhören mit diesen Berichten, ihm sei schon ganz

kotzübel. Und sie brauche auch keine Angst haben, daß sie nicht hier bleiben könne. Er wisse zwar sehr genau, daß er sich dadurch strafbar mache, aber diese bürgerliche Gesetzesübertretung nehme er gern in Kauf, sonst müsse er sich sein Leben lang vor sich selber schämen. Nur ich, sagte er, müsse einsehen, daß es gemein wäre, meine Mutter nicht zu verständigen. Ich motzte ein bißchen herum, sagte, die blöde Zimmer-Razzia sei schon Grund genug, die Weiber in Sorge dunsten zu lassen, und die sture Uneinsichtigkeit der Mama sei noch viel mehr Grund, keinerlei Lebenszeichen zu geben, aber der Müller ließ das nicht gelten. Und ganz im geheimen gab ich ihm eigentlich recht! So ließ ich mich von ihm zum Telefon treiben. Erstaunlicherweise, wohl aus Berufsgründen, hatte er eines. Er sagte mir die Vorwahl von Wien, ich wählte sie und hinterher unsere Nummer. Schon nach dem ersten Klingelzeichen wurde abgehoben. »Obermeier«, brüllte meine Oma ins Telefon. Da verließ mich der Mut. Ich drückte dem Müller den Hörer in die Hand und flitzte in die Küche hinaus. Der Müller wollte den Hörer zwar absolut nicht haben, so weit die Telefonschnur reichte, verfolgte er mich. Als das Telefonkabel straff gespannt und ich noch immer außer Reichweite war, murmelte er »Satansbraten, du«, seufzte und sagte dann freundlich in den Hörer: »Hier spricht Johannes Müller, ich möchte Frau Dr. Obermeier sprechen!«
Die Joschi wusch unser Nachtmahlgeschirr, ich nahm ein Tuch und trocknete ab. Der Müller, mit dem Telefon in der Hand, wanderte wieder zum Schreibtisch zurück. Die Joschi lächelte mir zu. »Der macht's schon«, sagte sie leise und ganz verklärt zur Stube hin.
Drinnen in der Stube, sagte der Müller: »Servus, Moni!

Ich rufe an, um dich zu beruhigen. Unser, also dein Sohn ist nämlich bei mir. Er ist ...« Anscheinend war ihm die Mama ins Wort gefallen, sonst hätte der Müller ja nicht mitten im Satz zu reden aufgehört. Ziemlich lange schwieg er, doch plotzlich brüllte er richtig los. »Einen Schmarren hab ich ihm gesagt!« schrie er. »Kein Wort! Aus irgendwelchen Scheißtagebüchern von dir weiß er es!« Dann war wieder die Mama am Wort, und dann rief der Müller ziemlich zornig: »Jetzt mach einen Doppelpunkt! Wenn du ihn zurückhaben willst, dann hol ihn dir! Ich erstatte ihn erst zurück, wenn ihn selbst danach gelüstet!« Und wieder nach einer Unterbrechung: »Okay, okay! Hetz von mir aus eine Kompanie Rechtsanwälte auf mich, das ist mir doch scheißegal! Aber unser, pardon, mein Sohn wird das nicht richtig finden!«

Hierauf knallte er den Hörer auf den Apparat und sagte laut und deutlich: »So eine Kuh, so eine arrogante! Die ist ja in den letzten vierzehn Jahren total verblödet!«

Der Müller kam in die Küche, lobte unsere emsige Hausarbeit, schenkte sich wieder ein Glas Wein ein und trank davon und sagte: »Ich hoffe, die Lady kommt erst morgen früh angesaust und raubt uns nicht den Schlaf!«

»Weiß sie denn überhaupt, daß du hier wohnst?« fragte ich hoffnungsfroh; wobei meine Hoffnung die war, daß sie es nicht wußte. Außerdem begann mein Herz ganz rasant zu klopfen, wie ich merkte, daß ich zum Müller »du« gesagt hatte.

»Wissen tut sie es nicht«, sagte der Müller, »aber das hat sie in Null-komma-Josef heraus!«

Der Müller meinte, die Mama müsse bloß bei seiner ehemaligen Frau anrufen oder bei gemeinsamen Bekannten oder – noch viel einfacher – bei seinem Vater oder bei

einem seiner drei Brüder. Die seien ihr alle von früher gut bekannt, die würden ihr anstandslos Auskunft erteilen.
Dann machte uns der Müller in der kleinen Kammer hinter der Stube ein Matratzenlager. Die Joschi und ich krochen unter die Decke, die der Müller auf die Matratze gelegt hatte. Angeblich hat mir die Joschi noch allerhand erzählt, angeblich lauter Lobreden auf den Müller, aber ich war so hundemüde, daß ich schon bei ihren ersten Worten einschlief. Ich weiß nur noch, daß ich von meinem abgelegten Motorradfreak träumte und daß auf seinem Motorrad lauter Schreibmaschinentasten waren. Rote. Aber nur kleine a, wenn ich mich recht erinnere.

9. Kapitel

in dem ich die Liebe, die mir entgegengebracht wird, schamlos zum Vorteil meiner großen Liebe benutze.

Ich erwachte, weil mir kalt war. Die Joschi lag nicht mehr neben mir. Muffig roch es um mich herum. Der muffige Geruch stieg aus der Matratze hoch. Und die Kälte kam durch das offene Kammerfenster herein. Ich blinzelte aus dem Fenster. Nebel war draußen. Aber heller Tag war schon. Gern hätte ich weitergeschlafen, doch dazu war mir zu kalt. Außerdem war ich auch irgendwie unruhig. Wo war die Joschi? Wo war der Johannes? Und wo war meine Mutter? Noch zu Hause? Oder auf dem Weg her? Oder am Ende schon hier?

Ich rappelte mich von der Matratze hoch und stolperte aus der Kammer. In der Stube war niemand. Die Joschi war in der Küche. Sie saß am Küchentisch und trank Kaffee. Sie tunkte Brot ins Kaffeeheferl, biß vom aufgeweichten Brot ab und lächelte mir zu.

»Der Johannes ist zur Post gefahren«, sagte sie. »Er wird Semmeln und Butter mitbringen!« Sie deutete auf den Brotwecken auf dem Tisch. »Der ist schon ziemlich hart! Willst du mit dem Frühstück warten, bis der Johannes wieder da ist?«

Ich schüttelte den Kopf und setzte mich neben die Joschi.

»Die Milch ist auch alle«, sagte die Joschi und schüttete mir aus einer roten Blechkanne Kaffee in ein Heferl. Das Heferl war aus dickem Porzellan. OPA stand in alt-

modischer Schrift darauf. Der Kaffee schmeckte scheußlich. Lauwarm und bitter.
Die Joschi tunkte wieder ein Stück Brot in ihren Kaffee. Sie sagte: »Ich wüßte gern, was mein Vater jetzt tut. Zur Polizei ist er sicher nicht gegangen. Aber sein Blutdruck ist garantiert auf dreihundert!«
Ich wußte keine Antwort. Was einer wie Joschis Vater tut oder nicht, war mir nicht vorstellbar. Die Joschi schwieg, rührte mit der Brotrinde im Kaffee, seufzte und sagte dann:
»Ewig kann ich nicht hierbleiben. Der Johannes sagt, hier redet sich alles herum. Bald wird es heißen, der Müller hat eine minderjährige Geliebte. Und dann kann es sein, daß ihn wer anzeigt deswegen. Und dann kommt alles heraus. Außerdem sagt der Johannes, muß ich etwas lernen . . .« Die Joschi zog die Brotrinde aus dem Kaffee, steckte sie in den Mund und lutschte daran.
»Er hat recht«, sagte ich.
Die Joschi zuckte mit den Schultern. »Viele Leute haben nichts gelernt und leben auch«, nuschelte sie, ohne die Brotrinde aus dem Mund zu nehmen.
»Aber die leben schlecht«, sagte ich. Ich kam mir dabei ziemlich blöd vor. So auf total angepaßt! Als ob ich ein pensionierter Oberlehrer wäre! Und wie nicht anders zu erwarten, sagte die Joschi: »Du hast leicht reden!«
Schweigend hockten wir dann bei unseren Kaffeeheferln, bis der Johannes und der Nowak zurückkamen. Der Nowak begrüßte mich so erfreut, als ob ich ihn dick- und großgezogen hätte. Der Johannes kippte aus einer Papiertüte Semmeln und Butter und Wurst auf den Tisch. Eine Kanne mit Milch hatte er auch. Die Joschi fiel über den Nahrungsnachschub her. Der Müller schaute auf die Uhr.

»Halb elf ist es schon, Kummerkinder«, sagte er. »Ich nehme an, demnächst wird die Frau Dr. Obermeier vorfahren!«

Damit hatte der Johannes nicht recht. Es wurde Mittag, es wurde Nachmittag, die Mama erschien nicht. Ich fühlte mich deswegen auf eine zwiespältige Art nervös. Einerseits graute mir vor ihrem Eintreffen, andererseits beunruhigte mich, daß sie noch nicht da war.

Gegen fünf Uhr fingen wir zu dritt an, Zwiebeln zu schneiden, weil der Johannes zum Nachtmahl Gulasch kochen wollte. Wir weinten. Aber nur wegen der Zwiebeln. Der Nowak hielt Abstand zu uns. Er lag in der hintersten Küchenecke. Sicher auch wegen der Zwiebeln.

Gerade als wir bei den letzten drei Zwiebeln waren, hörten wir ein Automotorengeräusch, das näherkam und lauter wurde. Ich lief zum Küchenfenster. Das Auto war der R 5 der Mama. Mein Herz begann stark zu klopfen. Im Sieben-achtel-Takt.

»Ist sie es?« fragte die Joschi.

Ich nickte. Der rote R 5 fuhr an unserem Haus vorbei. Verdattert schaute ich ihm nach.

»Keine Sorge«, sagte der Johannes. »Die Lady kommt zurück. Nach zwei Kilometern hört der Weg auf. Beim erstenmal Herkommen fahren die meisten vorbei!«

Der Johannes schnitt seelenruhig die Zwiebeln fertig, tat Schmalz in eine Pfanne und schüttete den Zwiebelwürfelberg dazu. Ein paar Zwiebelwürfel fielen auf die Herdplatte und verkohlten zischend.

Der Johannes rührte in den Zwiebelwürfeln herum. »Und wie geht es nun weiter, mein Sohn?« fragte er.

»Kommt ganz darauf an, wie die Mama ihre Rolle anlegt«, sagte ich so cool wie möglich.

»Hintergründig, nehme ich an«, sagte der Johannes. Er

putzte mit dem Kochlöffelstiel die verkohlten Zwiebelbröckerln von der Herdplatte. »Aber ich will wissen, ob mir auch eine Rolle in dem Stück zugeteilt ist?«

»Du bist mein treuer Vasall«, sagte ich. »Du stehst mir bei, so gut du kannst!«

»Inwiefern? Mit welchem Ziele, mein Sohn?« fragte der Johannes. Doch bevor ich ihm weitere Regieanweisungen für den letzten Akt geben konnte, war der R 5 schon wieder vor dem Haus. Diesmal blieb er stehen. Der Nowak erhob sich, lief aus der Küche, drückte die Haustür mit dem Schädel auf und raste auf den R 5 zu. Die Mama, die gerade beim Aussteigen war, zog sich wieder ins Auto zurück. Der Nowak legte die Vorderpfoten an die Seitenfenster und bellte ins Auto hinein.

»Ich werde mich in die Kammer zurückziehen«, sagte die Joschi.

»Du bleibst da und rührst mir die Zwiebeln.« Der Johannes drückte der Joschi den Kochlöffel in die Hand und lief aus dem Haus und holte den Nowak vom Auto herunter. Er hielt ihn am Halsband fest. Die Mama stieg aus dem Auto. Maßlos grimmig schaute sie drein.

»Geh doch raus, begrüße sie«, sagte die Joschi zu mir.

Aber ich ging in die Stube und setzte mich aufs Bett vom Johannes. Eine Begrüßung fand ich unpassend. Wer von daheim abhaut, kann doch nicht einen Tag später seine Frau Mutter begrüßen, als ob nichts passiert wäre. Und wie man jemanden begrüßt, wenn viel passiert ist, das wußte ich nicht.

Ich überlegte mir, ob eine korrekt sitzende oder eine lässig lümmelnde Position vorteilhafter sei, aber ich kam zu keiner Entscheidung, weil die Mama schon in die Stube einmarschierte. Sie ließ kurz einen irritierten Blick über die sagenhafte Unordnung gleiten, dann fixierte sie

mich. Ungeheuer arrogant schaut sie mich an. Und sie sagte:
»So, werter Knabe! Jetzt sag brav ba-ba, und dann fahren wir nach Hause!«
»Nein!« sagte ich und versuchte, genauso arrogant dreinzuschauen.
»Doch!« sagte die Mama. »Mach schon!«
Der Nowak kam in die Stube und zu mir her. Er lagerte sich zu meinen Füßen. Der Johannes kam auch in die Stube, er fegte vermischten Kram vom großen Polstersessel auf den Boden.
»So setz dich doch«, sagte er zur Mama. Die Mama ignorierte diese Empfehlung.
»Olf! Mach mich nicht wild«, sagte sie. »Ich beherrsche mich ohnehin nur sehr mühsam. Du kommst jetzt mit mir. Alles weitere bereden wir zu Hause!«
»Ich denke gar nicht daran«, sagte ich. »Aber wenn du Gewalt anwenden willst, dann bitte!« Ich hob die Arme.
»Ich ergebe mich! Trag mich raus!«
»Ich trag dich einen Dreck raus«, rief die Mama. »Entweder du kommst freiwillig, oder ich hole die Gendarmerie zu Hilfe!«
»Moni, mach dich nicht lächerlich«, sagte der Johannes.
»Du halt den Mund«, zischte die Mama. Der Johannes hielt nicht den Mund, sondern der Mama den Telefonhörer hin. Dazu nannte er die Nummer der Gendarmeriestelle.
»Wenn du das tust, Mama«, sagte ich, »dann schau ich dich mein Lebtag lang nimmer freundlich an. Ehrenwort!«
Die Mama nahm den Telefonhörer trotzdem. Einen Augenblick lang dachte ich: Die spinnt! Die holt wirklich den Gendarmen! Aber dann gab die Mama dem Johan-

nes den Telefonhörer zurück, und der Johannes legte ihn auf.
Die Mama setzte sich in den Polsterstuhl. Sie holte Zigaretten aus der Handtasche, steckte eine in den Mund und suchte in der Tasche nach Feuer. Der Johannes wollte ihr Feuer geben, aber sie fauchte: »Danke, ich hab selber eins!«
Da legte der Johannes der Mama das Feuerzeug auf die Knie und ging in die Küche. Die Tür machte er hinter sich zu. Die Mama nahm das Feuerzeug, ließ es schnappen und sog Rauch ein. Dann sagte sie mit Leidensstimme:
»Ich habe immer gedacht, ich bin eine halbwegs gute Mutter und du bist ein halbwegs zufriedener Sohn!«
»Bist du ja auch, bin ich ja auch«, sagte ich.
»Und ich dachte, zwischen uns gibt es so etwas wie eine Vertrauensbasis!«
»Gibt es ja auch«, sagte ich.
»Und warum fragst du mich dann nicht einfach nach deinem Vater? Warum mußt du in meinen Sachen herumschnüffeln? Warum benimmst du dich so fies und mies?« Sie stellte mir noch eine Menge solcher lächerlicher Fragen, aber antworten ließ sie mich nicht. Sie klagte im Düsen-Jet-Tempo drauflos, daß sie mich doch seit Jahren über meinen Vater informieren wolle, daß ich aber dieses Thema immer verweigert habe, und als kleines Kind habe sie mir ja nicht die Wahrheit sagen können, weil man doch einem kleinen Kind nicht sagen kann, daß sein Vater anderwärtig verheiratet sei.
Und dann jammerte sie, daß sie gar nimmer wisse, was ich eigentlich für ein Mensch sei! Wie ein Unbekannter komme ich ihr vor! Nie im Leben hätte sie angenommen, daß ich etwas mit Rauschgift zu tun haben könnte!

Nicht einmal für einen, der einfach unerlaubt aus dem Unterricht weggeht, habe sie mich gehalten! Und daß ich eine Liebschaft mit einer Rauschgiftsüchtigen habe – wie sie gestern von der Ulli Ullermann gehört habe –, das erschüttere sie besonders tief.

Als sie endlich eine Atempause ins Klagelied einlegte, sagte ich: »Du hast vergessen, daß ich dir fünftausend Schilling gestohlen habe! Ein Dieb bin ich auch!«

»Werd nicht zynisch«, sagte die Mama.

»Und vielleicht werd ich auch schwul«, sagte ich. »Wegen dem Ödipus und euch sieben Damen!«

»Was, bitte?« rief die Mama.

»Schwul, Frau Mutter«, sagte ich, stand auf und stieg über den Nowak drüber. »Oder homosexuell, wenn dir das Wort besser paßt!«

»Olf, jetzt mach einen Punkt!« rief die Mama. »Was willst du denn dauernd mit dem Ödipus? Das ist doch Unfug! Ich hab mich bei der Tante Lieserl genau erkundigt! Die neue Psychologie lehnt den Ödipuskomplex ab, sagt die Lieserl! Ehrlich!«

Da ich keine Absicht hatte, mich mit der Mama über etwas zu streiten, was für mich ohnehin der Schnee vom vorigen Monat war, winkte ich bloß ab und murmelte: »Forget it, sister« und die Mama brüllte, daß ich sie so nicht anreden soll. Darum unterließ ich jede weitere Anrede und erklärte der Mama, daß es zwar absolut kein Honiglecken sei, von sieben Damen rund um die Uhr tagaus tagein betreut zu werden, daß ich zwar überhaupt keine gigantische Lebensfreude in mir spüre, daß mir zwar die Schule enorm auf den Wecker falle, daß ich aber trotzdem – bis auf die Ausnahme der drei Stück Hasch-Gugelhupf – kein Junkie sei und meine Freundin ebenfalls nicht, davon könne sie sich überzeugen, wenn

sie in die Küche gehen und ihr beim Zwiebelrösten Gesellschaft leisten würde.
Und dann sagte ich der Mama, daß ich nicht von zu Hause weg bin, weil es mir dreckig geht, sondern weil es der Joschi dreckig geht und die Mama nicht bereit war, ihr zu helfen. Ich sagte: Dir waren ja ein paar blödsinnige Schwierigkeiten mit dem Hofrat wichtiger! Das Elend von jemandem, den du nicht kennst, interessiert dich ja einen Schmarren! Darum bin ich zum Johannes! Dem ist es nämlich schnuppe, ob einer zur family gehört oder nicht. Und irgendwohin hab ich eben mit der Joschi müssen! Du hast ihr ja kein Bett angeboten!«
»Du spinnst ja«, brüllte die Mama. »Ich hab dir doch gesagt, was sie machen muß!«
Ich brüllte zurück: »Daß sie nicht Schule schwänzen soll, wenn sie einen brutalen Vater hat, hast du gesagt!«
»Nicht nur«, brüllte die Mama retour. »Daß sie aufs Jugendamt gehen muß, habe ich dir gesagt!« Die Mama drückte die Zigarette in einer leeren Keksdose, die sie schon als Aschenbecher benutzt hatte, aus. »Ich kann ihr doch kein Bett anbieten«, sagte sie. »Da hätte ich mich doch strafbar gemacht!«
Ich sagte der Mama, daß ich erwartet hätte, daß sie sich strafbar macht.
Und dann erklärte ich ihr so ruhig wie nur möglich, daß ich den Grund und Boden meines Vaters nicht verlassen werde, bevor sie für die Joschi nicht alles getan habe, was nur möglich sei. »Du bist Rechtsanwalt«, sagte ich. »Du weißt, was man da tun muß. Du mußt erreichen, daß die Joschi beim Johannes bleiben kann, bis sie in ein Heim kommt, aber in ein anständiges. Und daß sie überhaupt nicht mehr nach Hause muß. Wenn du echt willst, dann kannst du das.«

Den Nowak störte unser erregtes Gespräch. Alle paar Augenblicke winselte er entsetzt.
Zuerst sagte die Mama, ich überschätze ihre Möglichkeiten. Partout wollte sie mir einreden, daß der »gesetzliche Weg« der einzig richtige sei. Die Joschi müsse nach Hause zurück, denn jeder, der eine Vierzehnjährige ohne Zustimmung der Eltern beherberge oder von diesem Umstand wisse, mache sich schuldig. Dann könne man den Vater beim Jugendamt anzeigen, und dann werde das Jugendamt Nachforschungen erheben, und wenn es zu dem Schluß komme, daß man dem Vater die Erziehungsberechtigung entziehen müsse, dann werde die Joschi in ein Heim kommen. So sei die Sache zu lösen und nicht anders!
»Dann vergiß mich!« sagte ich.
Die Mama fing wieder von vorn an. Man müsse auf dem »Pfad der Legalität« bleiben! Man könne die Einweisung der Joschi in ein Heim auch gar nicht betreiben, solange die Joschi sich versteckt halte. Die Joschi sei doch die einzige Person, die Auskunft über den Vater geben könne. Ohne entsprechende Aussagen der Joschi laufe da überhaupt nichts! Alles andere sei meschugge und absurd!
Mich machte dieser »vernünftige« Vortrag halb wahnsinnig. Ich brüllte die Mama an: »Das ist mir scheißegal! Streng halt dein Hirn an! Es muß anders gehen! Oder sind unsere Gesetze so, daß sich die Joschi zuerst totprügeln lassen muß, bevor etwas gegen den Vater passiert?«
»Es könnte so sein, mein Sohn«, sagte der Johannes. Er kam mit einem Tablett, darauf vier Kaffeeheferln, ins Zimmer. Die Joschi kam zögernd hinter ihm her. Der Johannes stellte das Tablett auf einen Bücherstapel und

teilte die Tassen aus und bot Milch und Zucker an. Die Mama schien froh über die Atempause im Brüll-Duell. Der Johannes setzte sich mit seinem Heferl auf den Schreibtisch. Um der Mama meinen Standpunkt eindeutig klarzumachen, setzte ich mich neben ihn auf den Schreibtisch. Sie sollte merken, daß sich Kompottzwetschge und Dörrpflaume einig waren. Sie merkte es. Ziemlich hingerissen starrte sie mich und mein Knitter-Duplikat an.

»Na schön«, sagte sie schließlich. »Ich werde eine Freundin anrufen. Ihr Freund ist Sozialarbeiter. Vielleicht fällt dem etwas ein!« Die Mama hob den Hintern vom Sessel, ließ sich dann aber wieder ins Weiche plumpsen und fragte die Joschi: »Warum kannst du eigentlich nicht mehr heim? Was würde dir denn passieren!«

»Alles!« sagte die Joschi ganz leise.

»Wie bitte?« Die Mama hatte die Joschi nicht verstanden.

Die Joschi setzte sich aufs Bett vom Johannes. Sie senkte den Kopf. Gleich fängt sie zu weinen an, dachte ich. Ich ging zu ihr, setzte mich neben sie, zog sie an mich und streichelte ihren Borstenkopf.

»Ich mag das nicht dauernd erzählen«, flüsterte die Joschi.

»Mußt du ja nicht«, flüsterte ich und streichelte.

Der Nowak, sensibel für Zärtlichkeiten aller Sorten, sprang auf und bohrte schnaufend seinen Riesenschädel in meinen Bauch und klopfte freudig erregt mit dem Schwanz auf den Boden. Ich wollte ihn wegdrängen, aber achtzig Kilo Hund lassen sich nicht drängen. Die Joschi und ich kippten nach hinten, der Nowak sprang aufs Bett und legte sich quer über uns. Es war nicht angenehm, so zu liegen, aber da der Johannes gerade anfing, der Mama zu erzählen, was der Joschi schon alles »passiert« war und um welches Exemplar von Vater es sich bei dem ihren handelte, ließ ich den Nowak über uns.

Der Riesenberg Hund verstellte der Joschi die Sicht auf den redenden Johannes und die zuhörende Mama. Und das röchelnde, sabbernde Atmen dämpfte die Stimme vom Johannes und die »Oh, wie entsetzlich« und »Das ist ja furchtbar« der Mama. Das, dachte ich, macht der Joschi das Zuhören leichter.

Der Johannes ließ nichts von dem, was die Joschi gestern abend erzählt hatte, aus. Als er fertig war, mußte die Mama sichtlich nach Luft ringen, doch als sie die wieder hatte, legte sie los. »Himmel, Arsch und Zwirn«, fluchte sie. »Und so was geht herum und wird höflich gegrüßt und kriegt jedes zweite Jahr eine Gehaltserhöhung und eine Ehrennadel vom Gesangverein!«

»Bei einem Gesangverein ist er bitte nicht«, meldete die Joschi. Sie setzte sich auf und stupste den Nowak so lange in den Hintern, bis er vom Bett sprang.

Die Mama zündete sich eine Zigarette an. Sie stand vom Polstersessel auf.

»Den Freund von meiner Freundin ruf ich nicht an«, sagte sie. »Das erledige ich selber. Und zwar umgehend. Und zwar auf die coole Tour!«

»Wie geht die coole Tour?« fragte ich.

»Ich fahre jetzt zu ihm.« Die Mama tat die Zigaretten und auch das Feuerzeug vom Johannes in die Tasche. »Dann werden wir ja sehen, wie er sich verhält!«

»Raushauen wird er dich«, sagte der Johannes.

»Dann komm mit mir«, sagte die Mama. »Aber zieh was Seriöses an! Das wirkt besser!«

Gehorsam ging der Johannes zum Schrank und suchte in hängenden Klamotten herum.
»Und wir?« fragte ich. Ich glaube, ich strahlte die Mama an wie ein Christbaum den Weihnachtsabend.
»Ihr bleibt hier«, entschied die Mama. »Sicher ist sicher. Bevor ich nicht weiß, wie der Kerl ist, gehen wir kein Risiko ein!«
Der Johannes fand einen grauen Anzug. Und ein gestreiftes Hemd. Krawatte fand er keine. Die Mama war mit dem Anzug zufrieden. Aber als der Johannes aus den Jeans in die graue Hose umstieg, drehte sie sich weg. Echt irre! Einen Mann, mit dem sie vor fünfzehn Jahren ein Kind erzeugt hat, wagt sie nicht in der Unterhose zu betrachten!
Zehn Minuten später waren die Mama und der Johannes abgefahren. Und der Nowak mit ihnen. Er hatte derart erbärmlich am Auto gewinselt, daß sie ihn einfach mitnehmen mußten. Sonst wäre er garantiert hinter dem Auto her bis nach Wien gerannt.
Im Küchenherd war das Feuer ausgegangen. Das Gulasch war noch steinhart. Wir aßen die restlichen Semmeln und tranken Milch, weil es uns nicht gelang, den Herd wieder anzufeuern. Wir legten uns ins Bett vom Johannes; dort muffelte die Matratze nicht.
Bis nach Mitternacht redeten wir miteinander. Ich mußte die Joschi die ganze Zeit beruhigen. Sie hatte Angst. Sie stellte sich lauter entsetzliche Szenen vor. Daß ihr Vater meine Mutter und den Johannes derart bedrohen könnte, daß sie ihm sagen, wo wir sind und daß er herkommt. Sooft sie ein Geräusch vor dem Haus hörte, meinte sie, er sei schon gekommen. Ihre Angst war so groß, daß ich sogar mit ihr aufs Klo gehen mußte. Allein wagte sie sich nicht vors Haus. Daß sie so große

Angst hatte, verstand ich ja! Aber daß sie trotzdem noch die allerletzten drei Semmeln und ein großes Glas mit Marmelade wegputzte, wunderte mich. Wenn ich Angst habe, kann ich keinen Bissen essen. Aber so verschieden sind halt die Menschen!

10. Kapitel

welches meiner Geschichte ein halbwegs positives Ende setzt, das ich allerdings nicht sehr befriedigend finde, weil ich mir das Leben noch viel, viel schöner vorstellen könnte.

Zwei Tage und einen halben waren die Joschi und ich allein im Haus. Pro Tag rief der Johannes dreimal an und gab uns Überlebenshinweise. Daß in der Schreibtischlade Geld sei, daß im Schuppen ein Fahrrad sei, daß der nächste Laden, wo man Lebensmittel kaufen könne, drei Kilometer weiter oben an der Straße liege, daß das trokkene Holz an der rechten Schuppenseite aufgestapelt sei. Wo Seife und Handtücher zu finden seien, teilte er auch mit. Und die Joschi beschwor er, keine Angst zu haben. »Es wird schon alles«, sagte er. Nähere Erklärungen gab er nicht.
So große Angst wie in der ersten Nacht hatte die Joschi nicht mehr. Doch daß sie noch immer Angst hatte, merkte ich, weil sie dagegen war, daß ich mit dem Rad einkaufen fuhr. Sie wollte nicht allein bleiben. Und selbst einkaufen fahren wollte sie auch nicht. Da wir nicht zu zweit auf einem Fahrrad fahren konnten, gingen wir zu Fuß. Das Wetter war ohnehin strahlend schön. Auf dem Heimweg kam uns ein Volvo entgegen. Da ließ die Joschi das Plastiksackerl mit den Bananen und den Orangen fallen und raste wie der Blitz querfeldein. Erst als der Volvo längst entschwunden war, kam sie zurück.
»Mein Vater hat einen Volvo in der gleichen Farbe«, erklärte sie.

Mir gefiel das einsame Leben mit der Joschi. Ewig hätte das so weitergehen können. Sogar wie man den Herd einheizt, ohne daß er raucht, kapierte ich. Und Kaiserschmarrn backen lernte ich dadurch, daß mir die Palatschinken in Fetzen zerfielen; was einen erstklassigen Kaiserschmarrn ergibt. Am dritten Morgen machte mir nicht einmal mehr das Waschen am Wassertrog viel aus. Und das Klogehen auch nicht. Ich sagte der Joschi nichts davon, aber ich dachte mir aus, wie es wäre, wenn man uns einfach hier vergessen würde. Wunderschön stellte ich mir das vor. Baby-Philemon und Baby-Baucis im Waldviertel; mehr wollte ich nicht.

Weil die Joschi unbedingt etwas für den Johannes tun wollte, brachte sie die Stube in tadellose Ordnung. Dabei stellten wir fest, daß die Dame, die beim Johannes gewohnt hatte, eine ausgesprochene Strickneurotikerin sein mußte. Elf verschiedene angefangene Strickereien sammelte die Joschi ein. Die tat sie samt unzähliger Wollsträhnen und Knäuel in einen großen Karton und schob ihn unter das Bett vom Johannes. Beim Aufräumen fand die Joschi auch Fotos von einer jungen Frau. Ganze Stöße von Fotos. Und immer hatte die Frau andere Kleider an und stand blöd in der Gegend herum. Wir beschlossen, daß die zerbrochene Liebesbeziehung vom Johannes ein Fotomodell mit Stricktick gewesen war. Ob es auch dieses Modell war, das mich dauernd am Telefon nervte, weiß ich nicht. Jedenfalls rief gut fünfmal pro Tag eine weibliche Person an und wollte den Johannes sprechen und glaubte mir nicht, daß der nicht da war, und keifte, sie durchschaue das, »der Schuft« solle sich nicht verleugnen lassen.

Am Nachmittag des dritten Tages unseres Kleinhäuslerlebens kamen die Mama, der Johannes und der Nowak für mich ein ziemliches Schreckenswort. »Ins Heim müssen« stelle ich mir grauenhaft vor, auch wenn man dadurch einem Wahnsinnsvater entkommt. Ob die Joschi ähnlich dachte, weiß ich nicht. Ich wagte nicht, sie danach zu fragen. Sie hockte ganz still neben mir, hinten im Auto. Ihre Hände, im Schoß gefaltet, zitterten leicht. Aber die Hände von der Joschi zittern ja oft.

Das Heim war am Stadtrand von Wien. Gar nicht sehr weit weg von der Gegend, in der ich wohne. Grauslich wirkte es von außen nicht. Es war eine uralte Villa in einem Garten. Auch die Halle, in die wir kamen, war recht passabel. Und die Erzieherin, die dort auf uns wartete, war jung und dick und heiter. Gar nicht so, wie ich mir eine Heimleiterin vorgestellt hatte. Bei ihr war ein Mädchen, das hieß Yvonne. Sie überreichte der Joschi eine rosa Rose und sagte: »Auf gute Zimmergemeinschaft!« Diese Yvonne schaute ziemlich vergammelt aus. Das freute mich, weil man daran doch merkte, daß die Heimobrigkeit keine sehr pingelige sein konnte. Die Obrigkeit tat überhaupt nicht »obrig«. Sie wollte sogar Tee für uns kochen, aber die Mama sagte, sie müsse nun schleunigst nach Hause, sie habe morgen einen heiklen Gerichtstermin, auf den müsse sie sich vorbereiten. Die Joschi versprach mir, mich morgen nach der Schule anzurufen. Ich verabschiedete mich von der Joschi mit einem Kuß. Die Mama sagte hinterher, das habe sie »unpassend« gefunden. Aber ich habe die Erzieherin genau beobachtet, sie war nicht entsetzt wegen dem Kuß.

Auf dem Heimweg im Auto fragte mich die Mama, ob sie nun alle meine Forderungen komplett erfüllt habe, ob sie nun damit rechnen könne, daß ich das Glück ihrer reifen Jahre bleiben werde, oder ob ich nicht vielleicht doch ein Leben beim Johannes ins Auge fasse. Ich sagte

ihr, daß sie mit mir bis auf weiteres rechnen könne. Da war die gute Frau zufrieden.
Davon, wie mich der Rest meiner Familie wieder aufnahm, möchte ich nicht viel berichten. Bis auf die gute, alte Fee, die schlichte und ehrliche Freudentränen vergoß, benahmen sie sich sonderlich. Meinen Schwestern unterstelle ich eine Mordswut und einen Mordsneid auf mich! Wo sie doch schon immer der Ansicht waren, daß es mir wesentlich besser als ihnen geht, hatte ich ihnen nun noch einen Vater voraus!
Die Tanten ignorierten mich komplett. Angeblich hatte ich die Tante Lieserl, als sie mein Zimmer nach Rauschgift durchsucht hatte, schwer beleidigt. Tante Truderl ignorierte mich aus Solidarität mit ihrer Schwester. Und die Oma war so grantig, wie ich sie noch nie erlebt hatte. Andauernd machte sie bissige Bemerkungen à la: »Das hat man eben davon, wenn man sich einen verzogenen Bengel aufzieht« und »Er sollte auch in ein Heim« und »Ich hab schon immer gesagt, daß er uns allen noch über den Kopf wachsen wird«.
Davon, daß ich meinen Vater kennengelernt hatte, sprachen sie alle miteinander kein Wort. Und keine fragte mich, ob er mir eigentlich gefällt oder wie das so ist, wenn man mit vierzehn und einem halben Jahr seinen Vater suchen geht. Aber das störte mich nicht weiter. Was mich störte, war, daß ich am nächsten Morgen wieder in die Schule gehen sollte. Davor graute mir. Nach dem tristen Familiennachtmahl mit dem Damenclan sagte ich der Mama, daß ich in eine andere Schule gehen möchte. Die Mama war dagegen. Ich solle nicht so »wehleidig« sein, meinte sie. Ich solle die Sache nicht dramatisieren, vor allem habe ich doch selbst gesagt, daß meine Schulschwierigkeiten eine Kleinigkeit seien.

Die gute Frau hatte auch bereits wieder eine schöne Entschuldigung vom Dr. Brummer parat. Diese Entschuldigung erklärte sogar, warum ich mich unentschuldigt aus dem Unterricht entfernt hatte. Peinigend wahnsinniger Kopfschmerz, hervorgerufen durch etwas sehr Lateinisches, hatte mich halb irre gemacht, wodurch ich der schulischen Gepflogenheiten nicht achten konnte. Mit dieser Entschuldigung, sagte die Mama, sei ich »aus dem Schneider«. Und wegen der Kollegen, sagte die Mama, solle ich nicht so mimosenhaft sein, die Kollegen in anderen Schulen seien garantiert um nichts besser. Hart wie VÖST-Stahl blieb die Mama. Meinen Hinweis, daß ich ohnehin sitzenbleiben werde, tat sie ab.
»Das werden wir erst einmal sehen«, sagte sie. Und im übrigen, hielt sie mir vor, möge ich mir ein Beispiel an der Joschi nehmen. Für die sei es morgen sicher noch viel schwerer, wieder in die Schule zu wandern. Ich sah ein, daß da absolut nichts zu machen war!
Da mir noch nicht nach schlafen zumute war, ging ich zum Alex hinüber, wobei mir Tante Fee in Respektabstand folgte. Anscheinend befürchtete sie einen neuerlichen Ausbruch von mir. Und anscheinend hielt sie mich für total meschugge, weil sie mir diesen Ausbruch bloßfüßig und im Bademantel zutraute.
Der Alex saß im Garten und stank entsetzlich. Er hatte sich mit einem Mückenmittel eingerieben. Im Schein der Terrassenlampe hockte er. Nachtfalter umschwirrten ihn. Sonderbarerweise las er nicht. »Ich hab schon spitzgekriegt, daß der verlorene Sohn wieder da ist«, begrüßte er mich. »Wo warst denn?« fragte er.
»Bei meinem Vater«, sagte ich.
»Auf dem Motorradfahrerfriedhof also«, sagte er und grinste ganz unverschämt, aber nicht unfreundlich.

»Genau, Bruder«, sagte ich.
»Und die kleine Schwester war mit dir?« fragte er. Er rückte ein wenig zur Seite, so daß ich neben ihm, an der Hauswand zwischen den Fliederbüschen, auch noch Platz fand. Ich setzte mich neben ihn. Er bot mir einen Kaugummi an. Ich lehnte ab. Dann schwiegen wir eine Weile vor uns hin. Vollmond war, aus einem Fenster krächzte eine heisere TV-Stimme, aus einem anderen Fenster, viel leiser, nur richtig zu hören, wenn die TV-Stimme vorübergehend schwieg, tönte »We shall overcome«. Und irgendwo auf dem hinteren Weg, bei den Ribiselstauden, raschelte es. So rief ich zu den Stauden hin: »Fee, hau ab, bitte! Ich geh nicht durch!«
Da raschelte es noch heftiger, und Hinkebeinschritte tappten von dannen. Wir lauschten den Schritten nach. Der Axel fragte: »Kommt der Bruder morgen wieder in den Weisheitstempel?«
»Sie jagen mich hin«, sagte ich.
»Recht so, Bruder«, sagte der Axel. »Warum soll es dir denn dauernd bessergehen als uns?«
Ich nickte.
»Was hat sich denn getan seit Montag?« fragte ich, obwohl ich es eigentlich überhaupt nicht wissen wollte.
»Es hat sich alles beruhigt«, sagte der Axel. »Die Alten vom Jo haben sich ins Mauseloch verkrochen, und die meisten in der Klasse haben ihm verziehen. Ich nicht. Und das Mathe-Suserl hat eine ganze Stunde für einen Vortrag über Anstand, Sitte, Sucht und Verkommenheit geopfert. Und die wiederholte Mathe-Arbeit war leicht. Die hättest auch du geschafft. Und die Erbswurstsuppe . . .« Der Axel seufzte und schwieg dann.
»Was ist mit der Erbswurstsuppe?« fragte ich, obwohl ich auch das überhaupt nicht wissen wollte.

Der Axel deutete vage Richtung Straßenseite.
»Vor einer halben Stunde bin ich sie endlich losgeworden. Sie war bei mir, sich aussprechen!«
»Was spricht sie aus?« fragte ich.
»Ihre Liebe zu dir«, sagte der Axel und verscheuchte einen zudringlichen Nachtfalter. »Sie macht sich Vorwürfe. Wegen ihrer Eifersucht. Sie nimmt an, daß du deswegen weg bist. Das ist ihr nicht auszureden. Sie hält es nicht aus, daß irgend etwas, was du tust, nichts mit ihr zu tun hat!«
Der Axel stand auf und reckte und streckte seine sitzsteifen Glieder. »Ach, Bruder in Christo«, sagte er. »Warum bist du nicht geblieben, wo du warst, ganz egal, wo das war? Gestern hab ich auch da gehockt und in den Himmel geschaut.« Der Axel deutete zum Vollmond hinauf. »Und da hab ich mir vorgestellt, du und die Joschi, ihr seid auf den Mond emigriert. Unheimlich gut habt ihr euch da oben ausgemacht. Mir ist richtig milde im Gemüt davon geworden. Fast wäre ich schon bereit gewesen, euch zu folgen!« Der Axel gähnte, nickte mir zu, sagte »Schade« und stieg durch das Fenster in sein Zimmer ein. Ich sagte auch »Schade« und wanderte heim.
Tante Fee stand an der Haustür.
»Schade«, sagte ich zu ihr.
»Wieso schade?« fragte Tante Fee.
»Nur schade, nicht wieso«, sagte ich. »Das ist ab jetzt die allgemein empfohlene Grußformel!«
Tante Fee schaute mir fassungslos nach, als ich ins Haus ging.
Langsam und ziellos wanderte ich im Haus herum. Doris und Andrea waren im Blauen Salon. Sie redeten so leise miteinander, daß kein Wort zu verstehen war.

Meine Mutter war in ihrem Zimmer. Ich hörte sie murmeln. Wahrscheinlich sprach sie ins Diktaphon hinein. Tante Truderl und Tante Lieserl saßen in der Küche. Als ich an der offenen Küchentür vorbeikam, starrten sie mich waidwund an. Die Oma hockte im Wohnzimmer und las Zeitung und murmelte sich Negatives über die Weltlage zu.

Ich ging in mein Zimmer, legte einen Konstantin Wekker auf den Plattenteller und mich ins Bett und drehte das Licht aus. Sehr einzeln kam ich mir vor, nach drei Nächten Joschi-Leib dicht an meinem. Ich versuchte, mir über meine Lage – über die bettmäßig einsame hinaus – klarzuwerden. Unglücklich, fand ich heraus, war ich. Weil ich ein Leben mit zuwenig Joschi und zuwenig Johannes vor mir hatte. Einen, der direkt schuld daran hatte, konnte ich nicht ausmachen. Und irgendwie machte es mich sogar ein bißchen zufrieden, unglücklich zu sein. Unglück ist dem Glück näher als Frust. Weil man genau weiß, was einem abgeht und an was man leidet. Wenn man unglücklich ist, kann man Sehnsucht haben. Sehnsucht ist nicht die übelste aller Emotionen. Ich hatte Sehnsucht nach der Joschi. Neben mir sollte sie sein! Neben mir auf dem Mond! Aber ich kenne die Spielregeln auf Erden. Um auf den Mond zu kommen, muß man zuerst den Pilotenschein machen. Und einen Beruf erlernen, der auf dem Mond gefragt ist. Soll sein, Brüder in Christo! Ich mache den Pilotenschein. Sogar, wenn ich deswegen Mathe-Latein-Englisch lernen und mit sieben konfusen Ladys auskommen muß. In ein paar Jahren, da bin ich mir ganz sicher, sitze ich mit der Joschi auf dem Mond. Und schaue hinunter; ohne Fernrohr. Weil wir auf der der Erde abgewandten Seite sitzen.

Christine Nöstlinger

„Wer die Nöstlinger kennt, weiß, daß ihre Erzählungen in kein Klischee ‚Kinderliteratur' passen. Sie schreibt von einer verqueren und heiteren Welt für alle, die starke und gute Geschichten mögen.“ *Deutsches Allgemeines Sonntagsblatt*

Ihre Bücher im Verlag Friedrich Oetinger:

Gretchen Sackmeier
Eine Familiengeschichte

Gretchen hat Hänschen-Kummer
Eine Familiengeschichte

Olfi Obermeier und der Ödipus
Eine Familiengeschichte

Rosalinde hat Gedanken im Kopf

Ilse Janda, 14 oder Die Ilse ist weg

Luki-live

Konrad oder Das Kind aus der Konservenbüchse

Mr. Bats Meisterstück

Der kleine Herr greift ein

Oetinger Kinderbuch-Reihe für Leseanfänger
SONNE · MOND · UND · STERNE
Ein Kater ist kein Sofakissen
Geschichten vom Franz